你是我最美的遇见

柳柳西 著

北京联合出版公司
Beijing United Publishing Co.,Ltd.

图书在版编目（CIP）数据

你是我最美的遇见 / 柳柳西著 . — 北京：北京联合出版公司，2015.8

ISBN 978-7-5502-5568-5

Ⅰ . ①你… Ⅱ . ①柳… Ⅲ . ①长篇小说－中国－当代 Ⅳ . ① I247.5

中国版本图书馆 CIP 数据核字（2015）第 133135 号

你是我最美的遇见

作　　者：柳柳西
策划选题：白　丁（@白丁2008）　顾　夏
责任编辑：徐秀琴
版式设计：冉　冉

北京联合出版公司出版
（北京市西城区德外大街83号楼9层　100088）
三河市文通印刷包装有限公司印刷　新华书店经销
字数：162千字　700毫米×980毫米　1/32　印张：8.5
2015年10月第1版　2015年10月第1次印刷
ISBN 978-7-5502-5568-5
定价：32.80元

谨以此书献给照亮我人生的那束光。

你美丽而温柔的瞳仁，

是我心居住的地方。

献给我生活中忠诚的伙伴们，

以及不曾离去用心守护我们的每位粉丝朋友。

上卷

壹

1.1

和黎扬躺在那片不算宽阔的草丛里时，我觉得自己特别像烧烤摊上的鱿鱼，天空上那么一个大火球照着，他竟然和我说这儿草多挡光，好乘凉，还特别细心地在我准备躺下的位置打了个滚儿，用他的话说就是“小的先给您暖下床”。

我用一种极其匪夷所思的眼神打量他。

实际上我现在特别想一巴掌拍在他脑袋瓜上。

我忍无可忍地啐道：“这就是你跟我说的享受帝王级待遇的乘凉好场所？”

他嘴一扁，特别正儿八经地端坐起来，用一种相当委屈的语气控诉我：“这儿难道不是帝王的殿堂？”

只见他伸出两指，并拢，指着不远处还在操练的人群道：“瞧瞧，瞧瞧，看到那片迷彩服了吗？你不觉得你现在油然而生一种坐看风起云涌、傲视群雄练兵的感觉？这种待遇可不是人人都有的，但是，今天你做到了！快，现在立刻虔诚地跪下，感谢这百年一遇的恩赐吧！”

我深吸一口气，嘴角抽搐着说：“我是来乘凉的！乘凉懂不懂！看到顶在你头上的那个大火球了吗？我觉得我现在完全可以直接撒点孜然，然后被当烤串吃！”

黎扬咂巴咂巴嘴，伸手把我拉到他旁边坐下，用十分和蔼可亲的语气试图引诱我：“可可，老话说得好，‘心静自然凉’，虽然我知道像我这种英姿飒爽的男青年在你身边，你肯定无法带着一份平常心面对我。”他顿了顿，用胳膊肘捅捅我，“再说了，现在不都流行晒日光浴嘛，对身体好。你看，现在有免费的大太阳给你晒，多么好的健身机会，你要学会珍惜。”

我一听，怒得狠狠推了黎扬一把。

“你说的那日光浴和现在头顶烈日是一回事吗？”

他继续锲而不舍地凑过来，指着小道两旁的大树说：“可可，看到这片歪脖子树了吗？这不挺阴凉的吗？”

我黑着脸扭过头，舒展了一下身体躺下，再不想和他辩论。

对面操练的新生队伍离我们越来越近，听到他们持续不断的步伐声，我禁不住感叹：“真怀念高中毕业放假的时候。”

黎扬自知先前理亏，听到我说话，立马觍着脸连连称是。

高中毕业那会儿，无疑是我迄今为止的人生里，最为心安理得地做一个混世魔王的最美好的记忆。

当我无所事事躺在自家柔软的沙发上时，闺密詹蕾已经背起行囊去接受军训的洗礼了。

对于她这般催人泪下的遭遇我深表同情，于是当她发信息告诉我说，她站的位置有栋特大的教学楼，并成功遮挡了她的脸部时，我几乎“热泪盈眶”地给她发去了贺电。

而最后一切都在她的控诉与咆哮声中结束。

电话里詹蕾声嘶力竭地喊着：“是有一栋教学楼挡光没错，可只遮了老娘半边脸，老娘现在被晒成一半明媚一半忧伤。”

出于人道主义的关怀，我只好柔声细语地安慰她，并极尽所能地批判自己眼下醉生梦死的生活。

俗话说得好，乐极生悲。

我刚笑话詹蕾没多久，自己就遭了报应。

我绝对忘不了自己拖着行李、一步三回头地投奔军训的怀抱时我妈的表情。

那完全是喜笑颜开，似终于扔掉烫手山芋的神情。

每每午夜梦回，我都吓得冷汗淋漓。

我汗流浃背地翻了个身背对黎扬，身旁的树荫偶尔随着风轻轻摆动，树叶和着风声发出沙沙的声音，听起来像是一首催眠曲。

阳光从叶间缝隙中倾泻而下，光影斑斓。

我放松地眯起眼。

我就是在那个时候看到的沢言。

他高高大大却有些单薄的身影逆光站着，穿着我们一同军训的迷彩服，迷彩贝雷帽随意地插在肩章带里，迎着光一边仰头喝水，一边看着远处打闹的同学嘴角轻扬。

温煦的光影洒在他周身，像在他背后生出一对洁白的翅膀来。

他转头，眼神和我来不及躲开的视线不期而遇。

1.2

我和黎扬，用他的话来说就是来自命运的羁绊。

用我的话来说那就是令人发指的孽缘。

高中时，他是一个充满传奇色彩的人物。

在他身上发生的奇人奇事可谓口口相传。

比如，他从没正儿八经地听过课，高中时他相当热衷于在课堂上睡觉。但令人匪夷所思的是每回考试他都能考出好成绩。

在当时这完全就是对我们班各大学霸的藐视，于是他被摒弃在了学霸圈外。

而班上的学渣更是对他这种行为痛心疾首，你怎么能做到不好好学，却能考出好成绩呢？

结果可想而知，学渣圈一致对外也放弃了他。

于是，很明显地，高中时，他的朋友寥寥无几。

但他从不缺女朋友，就像他自己说的，他是一个相当“有姿色”的青少年。

小女朋友和他闹脾气要拿巴掌扇他时，他伤心欲绝地和人家说：“你可以打我，但你不能打脸，我是靠脸生活的。”

最后小女朋友甩了他一脸饮料。

他和我哭哭啼啼说这个时，身为同桌的我出于人道主义的关怀，给他递了一张纸巾。

而就是这张纸巾，把他感动得一把鼻涕一把泪，非嚷嚷着要和我这个“关心”他的同桌做好朋友，做男闺密。

就这样，我屈服于他的“淫威”之下达三年之久。

大学新生报到那天，我正兴致勃勃地参观学校时，有人从身后抓住了我的肩，那仿佛从深渊里发出的阴森森的声音让我久久无法忘怀——

“可可，莫非这就是命运的安排。”

我苍白着脸转身，看到黎扬那张青春而不羁的脸庞，差点痛哭出声。

只要一想想我要和这个“祸害”继续当四年同学，我就有一种想要出家的冲动。

他拽过我的行李箱往前走，身体力行地告诉我，我与他的孽缘还要维持相当久的日子。

黎扬用小指戳了戳我的手臂，我转头，他眼神古怪地瞥着我：“看什么呢？魂都给丢了？”

我看着他，下巴往沢言的方向扬了扬问：“他是我们班的吧？”

黎扬翻了个白眼，阴阳怪气地回答：“范围那么广，我怎么知道你说谁？操场上那么多人，你当都被我们班承包了啊？”

我伸手揪了他一把，他“啊”地大叫一声。我喝道：“黎扬你给我好好说话。”

他苦巴巴的一张脸靠近我：“可可，你好歹给我个范围啊，我真不知道你说谁。”说着他伸出手指指向不远处的人群，“前头那片绿汪汪的‘水葱’看到没？都是咱们班的人。”

我翻了个白眼：“黎扬你损人的功力见长啊。”

他立马伸出双手放在胸前抱一抱拳：“见笑了。”

我扬手掰着黎扬的脑袋瓜，嘴凑到他耳边说：“看到那个手上拿着矿泉水瓶子的男孩儿了吗？叫什么来着，是叫刘沢言吧？”

黎扬动弹不得，眼珠子斜着看我：“这我怎么记得。”

“你不是班长吗？”

他相当无辜地撇了撇嘴：“我这不是临时班长吗？我就是个临时工，打打杂而已，班上这么多人，我小脑瓜子是很聪明，但我也不能把所有人的名字倒背如流啊。”

我松开手，沉默良久，斟酌地问：“开学这么久了，我……我好像没见过他开口说话。”

黎扬摸摸脸，冷不丁地冒出一句："我还没看过他进男厕所呢。"

1.3

我终于知晓了沢言一直不开口的原因。

那是军训送别会的当晚。

那天天空难得下起了小雨，雨点淅淅沥沥地落下，似乎把人的浮躁都浇熄了一大半。

我和黎扬靠在教室后桌断断续续地打盹儿，讲台前面是送别晚会彩排的同学。

我眯起眼打着哈欠问黎扬："你怎么不上台？好歹你也是班长。"

他张开半眯着的眸子低沉着嗓子嘀咕："重要的人物都是压轴出场的，比如我。"

我嗤之以鼻，正想和他斗嘴，只听不远处忽然砰的一声巨响，桌椅倒塌在地面上，发出了刺耳的声音，我被吓得一个激灵，立马就清醒了。

原本彩排的同学早就停下，此刻他们正试图拉开剑拔弩张的二人。

其中一个便是沢言。

黎扬立马起身跑过去劝架。

被同学们死死拉住的男生扭动着身体想要挣脱，赤红着脸极为愤怒地咆哮：“松开，都给我松开！刘沢言你整天在这儿装大爷给谁看，不会好好说话是不是？非得说什么都点头摇头，装清高？早看你不顺眼了，你给我过来，现在就只会装孙子了？”

沢言被人困住胳膊，苍白着一张脸，拳头捏得咔咔作响。

黎扬走上前按住青筋暴起的男生，想要息事宁人：“算了，哥们，都是同学，没必要这样，咱们先冷静会儿，再好好解开误会好好说说。”

男生哼哼冷笑几声，嘴里接连蹦出极为伤人的语句：“谁和他好好说？他以为他是谁？整天装哑巴装忧郁也不害臊？”

沢言忽地就眼神一滞，大力挣脱了束缚，毫不犹豫地挥拳过去。

推推搡搡的人群中我再也看不清他们的脸。

一切都变得混混沌沌；乱成一团。

李老师相当惆怅地站在讲台上。

底下黑压压的，鸦雀无声。

我把下巴搁在手背上，看到他扶着讲台连叹了两声：“今天的打架事件我不希望再出现第二次。我们现在这样像个大家庭一般聚在一起，是难能可贵的缘分，同学们都是成年人，面对任何事成熟一点，不要用拳头、用暴力解决问题，有任何事都可以找身为班主任的我，我会尽力为你们解决。”

黎扬探头过来小声嘟囔：“不知道解不解决对象问题。”

“一边去，没正经。”我眨巴着眼睛忍不住被他逗笑了。

而李老师接下来的话，让我的笑容瞬间就凝固在脸上：“希望大家也都能理解一下，刘沢言因为身体的原因无法很好地与大家交流，失语症比较特殊，也希望大家在他做得不好的时候能够更加宽容一些。”

教室里一片哗然。

1.4

那晚之后，似乎有什么在悄然滋长，同学们都对沢言相当友好，与他打架的男生也一反常态地对他忍让。

可他多半是面无表情。

我很少看到沢言笑。

有时候我总会想那个午后他微弯的嘴角是不是我的错觉。

他对待众人的态度透着一股凉薄，带着一种杨冬的影子。

杨冬，对于我来说一直是讳莫如深般的存在。

他占据了我最为青葱年少的时光和回忆。

很多时候他就像是一个诅咒，如影随形。

高中的一段时间，因为学业的压力，我突然变得很自闭，厌烦了一切，一切看起来都是无用的交际。

杨冬在那个时候向我伸出了手，让我就像是得到救赎一般，整个高中，我一直偷偷喜欢他。

杨冬是我的高中学长。

那个时候才貌双全的他在我们学校很是出名，有相当多的追求者。

他是个善用人心的人。

他会在你心心念念赴约时突然改变主意拒绝你。

也会在你心灰意冷时用他的柔情感化你，让你再次死心塌地。

他似乎很喜欢这样乐此不疲地操控每一个他的追求者。

他热衷于别人对他的臣服。

与他熟识后我才明白，他是一个凉薄的人。

所以这么多年来，我一直选择兢兢业业地扮演一个尊敬他的学妹的角色。

我谨慎地隐藏着自己的内心，不敢越雷池半步。

比起变成被他凉薄对待的对象，我宁肯装成一个无关者，因为这样，我就能一直守着他，看着他。

黎扬一直认为我的行为他无法苟同，他无数次告诫我让我放弃。

可是那个时候，杨冬早就在我心里生了根、成了结。

尽管知道一切都不会有结局，我却始终无法放下他。

我会在黄昏偷偷躲在拐角，像个跟踪狂一般目送他到车站。

我会在他生日时，熬夜为他写一千张告白的小纸条。

我把它们藏在房间书柜的最深处。它们就像是一个秘密，是我始终无法表露和传达给杨冬的秘密。

我会一遍遍地练习他喜欢的钢琴曲，在与他相处的时候不经意间弹奏。

我会在图书馆里偷偷挡住盛满阳光的窗口，只因不愿睡着的杨冬被那束光打扰。

我会在他换了一个又一个新女友，却热衷于介绍给我认识时，面带微笑，诚恳祝福。

我始终没有告诉他，我有多么喜欢他。

我带着这份藏在苦涩中的情感一直到了大学。

有时候我总会想杨冬这辈子到底会不会有个求而不得、让他愿意驻足的人出现。

我希望那个人能够让杨冬学会如何爱人。

很久前我曾听过一句话，人生中你所以为的一些巧合，不过是另一个人用心的结果。

直到现在，我都认为这句话透着一丝无法言说的伤感。

1.5

杨冬给我打来电话说他找到了新女友时，我丝毫不觉得意外。

我来到约定的咖啡馆见他。

进入大学后，他变得成熟内敛了许多。

他看到我，露出微笑招呼我坐下，我与他指尖相握算作是礼貌回应。

我们之间的关系一直有些不伦不类。

明明是无话不谈的朋友，但在身体接触上却比陌生人还要生疏。

“恭喜你。”我说。

他摸着下巴心不在焉，又像是在思量某个他无法解决的困扰。

我开口问他：“怎么了，是有什么想说的吗？”

他抬头看我，下巴上是他太过用力后留下的红痕：“这一个，我，我很喜欢。”

我愣住。

杨冬从没说过他喜欢谁。

在我印象里他似乎是个从不曾懂得爱人的人，他喜欢的向来是掌控别人。

可是此刻，他的话打破了从前所有的论证。

他告诉我，他有了喜欢的人。

“我想和她就这样过下去也不错，再过几年我也到了适婚的年纪。”他说。

“当然。你觉得幸福就好。”我答。

之后我见到了他口中的那个人。

文文静静，相当知书达理，不难看出，婚后一定是一位贤妻良母。

他们出奇地相配。

我笑着捂住心口。

只是觉得刺痛，痛得我喘不上气。

我端起咖啡杯，掩住脸，不泄露我痛苦并且带有几分扭曲的表情。

我非常喜爱的作家三毛女士曾说，天下万物的来和去，都有它的时间。

杨冬大概就是这样。

他从来都不属于我，所以到了他该离开的时间，他就无法再驻足于我的世界。

下午回学校时，黎扬打来电话告诉我，学院里安排了大扫除，人员得尽快就位。

我沉声掩盖住我此时的情绪，我并不是怕他笑话我，相反，他会比谁都担心我，我不想让他再为了我的事费脑子。当了班长后他一直事情很多，我无法为他分担，他相当辛苦，我不想他还要为我分心。

“为什么选我去捡树叶啊？这活怎么听着这么别扭？”我故作轻松地打趣。

“可能老师觉得你长得比较老实可靠吧。”他答。

“是说我长得挺讨喜、挺好看的意思吗？”我故意曲解他的意思。

“得了，你快清醒点吧，是说你长得很安全，绝不会引来犯罪团伙的意思。”他扯着嗓子在电话里吆喝。

我扯扯嘴角，当下就挂断了电话。

近来，他损人的功夫绝对一流，恨得我牙根痒痒。

贰

2.1

我绝想不到，沢言被分到和我一组做扫除。

我陡然就想到之前黎扬说的那句话。

现在它们就像是高音喇叭里的台词，在我脑海里不间断地轰鸣："可能老师觉得你长得比较老实可靠吧。"

我僵硬地走过去。

我从不曾和他近距离接触过。

他周身总散发着一种生人勿进的磁场。

他听到脚步声拿着火钳回头看我，而后竟然笑了。

我惊得差点把自己的眼珠子抠出来擦擦，确保不是眼睛抽筋出现的幻觉。

我受宠若惊，磕磕巴巴地说："……好，你好啊。"

他伸出一只手对着我面前一小片草地比画，划分出范围。

还好我机灵，一下就明白了他的意思。

我眯着眼笑："好，我知道了，这一块归我打扫是吧？"

他眨了下眼睛，转身继续干之前没做完的活。

我走到一边的花坛边，拿专门放置在那里的火钳。

四处都静悄悄的，蝉鸣夹在风声里，给人一种莫名的心安，偶尔有三两人群经过，在树荫下拉出长长的人影。

我揉揉眼睛看着花坛边的小道，蓦地想到高中时和杨冬一起的日子。

我们两家同路，偶尔放学后他会找我一起回去。

高中时我们学校有一块大大的操场，他心血来潮就会领着我在那里走上几圈，然后再回家。

我跟在他身后和他保持着不远不近的距离，他会挺直背一边放松地扬手一边面朝前面和我聊天。

他从来没有回头看过我。

很多时候我无心去听他到底在讲什么，我看着他头顶的旋儿发呆，然后想很多。

有一次他仰着头对我说："可可，快看天空。"

我眯着眼抬头，黄昏的午后，漫天晚霞，橙色的光笼罩在他脸庞上，模模糊糊的，像是一幅绚丽的油画，我忍不住叫了他名字："杨冬。"

他转头看我。

我们就那样静静无声地相互凝望。

我时常怀念那个没有对白的午后。

如今物是人非。

我走到花坛边隔着树荫仰望天空。

晚霞依旧美丽，只是当年那个曾经和我一同观赏的人再不会在了。

我捂住脸，滚烫的泪珠轻易就湿了我的指尖。

这段无法言说的感情最终走向了毁灭。

我仿佛都能嗅到焚烧过后的气味。

隐隐有走动的声音，我听到衣服摩擦时发出的响声。

我忍不住低头抹去眼泪小心翼翼地抬头。

只见沢言一副完全被吓到的模样怔怔地看着我，那幽深的眼波里分明写满了对一个哭得蓬头垢面的女疯子万般的同情，我抽咽着幽怨地伸手擦干脸上的泪水，而好死不死就在那一刻，一对情侣欢声笑语并其乐融融地走了过来，他们周身充斥着的那极为乐不思蜀且百年好合的氛围，只差没把我的眼珠灼瞎，刚擦干的眼泪又瞬间像开了闸的大坝直冲而下。

我捂着脸只管自己哭个痛快，丝毫不顾被晾在一旁、尴尬无比的沢言，他挠着头有些无助地绕着我转圈，那困扰的样子几乎都让我不好意思再酝酿感情哭下去。我扁着嘴烦躁地嚷道：“你干什么？知不知道你这样让人看着很头晕，你给我坐下！”他立马小心翼翼地坐到我身边，我伸出手，“给我坐过去，大热天的你要和我相互取暖吗！”

他抽了抽嘴角，竟然无比顺从地蹲到了我身前。我与他眼神对视，他憨憨地抓抓脑袋，嘴唇微颤，脸上是些许无措的表情。

我苦笑：“吓着你了？”

他眉眼松垮下来，摇了摇头。

我有些不好意思地从口袋里拿出一包纸巾，他伸手接过去帮我抽出一张递来。

“谢谢。”我接过低低地说，“我遇到了一些难过的事情。”

他沉默，眼眸里是隐隐波动的光。

我闭上眼，试图让呼吸平缓，可嘴里却止不住地吐露出语句：“我很喜欢一个人，但是以后我不能再喜欢他了。”

他缄口不答，良久，我看到他伸出手擦掉我的眼泪，他的目光平静无波、深沉如水。

“不……哭……”他细弱的声音瞬间就飘散在风里，来不及让人反应。

忽地，我就觉得鼻尖涌上一股酸楚，我由衷地低喃：“谢谢，你……你的声音很好听，你应该多试着说话。”

他表情异样地皱了皱眉。

我意识到大概自己说了令他反感的话，我凑近想要解释，他已经站起来。我踏前一步，他后退，他的眼光带着探寻在我脸上缓缓打转，过了一会儿，他目光暗了暗避开我的视线，转身走了。

2.2

最近我一直试图与沢言交流。

他似乎和我形同陌路，相遇的路上也不多看我一眼。

我已经明白自己的过错，虽然我是真心想要夸奖他，但是现在想想那样的夸奖，大概只是我自身想要强加给他的。

我为寻求一个能得到他原谅的办法想得肝肠寸断，几天后终于在我无所不用其极的攻势下，逮到了与他单独相处的机会。

放学的午后我用一种极为诡异的姿势将他堵在了楼道间，他面无表情地斜着眼看我，我吞了吞口水，觍着脸说："刘沢言，你等等嘛，我有话想对你说，你可以给我一些时间吗？"他避开我真挚的眼神低头很不耐烦地看手表，我锲而不舍继续说道，"哎呀，别心急抢食堂嘛，大不了我请你吃东西，你别生气了好吗？上次我真不是故意的，我真的……"话还没说完他直接拨开我的手头也不回地走了，那潇洒的背影差点让我气得吐血，我气急攻心地趴在扶梯上怒号："急着去食堂了不起！吃吃吃，吃撑你！"

他避而不谈的态度简直让我万分受挫。我只能烦闷地偷偷和宿舍里的小姐妹姿雁说这件事，我想要人帮帮我，我不知道该怎么做才能化解沢言心中的闷气。

姿雁却不以为然，她敷着面膜四仰八叉地躺在床上："亚里士多德曾说过‘新时代的男性都有一个共同的特点——心似卷心菜’，你就不要想着一层一层一层地剥开他的心，你会发现压抑……”说着说着她竟然还唱起来了。

我眯着眼若有所思地问：“亚里士多德说过这句话？”

姿雁捶了一下床，一脸正气：“当然说过，亚里士多德·姿雁。”

“……”

时间的指针就这样不缓不慢地走着，一晃就大半个月过去了。

黎扬最近变得特别奇怪，时不时就拉着我和姿雁到外头饱餐一顿，还相当勤快地买各种电影票邀请我们去看。

当有一天我因为作业太多忍痛拒绝他时，他在电话里那喜悦的语气只差没把屋顶掀起来，我顿时就懂了他的心思。

他想要追姿雁。

黎扬在我印象中没有追过女生，大都是一群追求者跟在他身后跑。

虽然他和杨冬一样女友换得很勤，但有所不同的是，交往期间他会尽到一个男友的本分，而且大多数时候他是被甩的那一个。

被甩的原因几乎相同，女生感受不到爱，黎扬似乎只是把恋爱这种事当成一个任务去完成，还是义务制。

比起杨冬不会爱人的情感，黎扬大概是不懂得爱人的方法。

有一天晚上，我把黎扬约了出来。我们很久没有像高中时那样谈心或者斗嘴了，有时我会想，这是不是就是长大，长大会让我们得到一些之前没得到的，但也会磨灭一些我们曾经拥有的。

他亮亮的眸子注视着我。

之前总是带点轻浮的眉间不知道从什么时候开始已经被认真的情绪所代替。

“你真心喜欢姿雁吗？”

他看着我良久，点了点头。

我伸了个懒腰，靠坐在树荫下的石凳上。

已经很晚了，周围一片漆黑，唯有路边夜灯映照出昏黄的灯光。

“喜欢和恋爱到底是怎么一回事儿呢？”我仰头看着没有星辰的夜空问。

他吹了声口哨，笑起来：“大概像电影里说的，偶尔觉得胸口有点疼吧。”

我扯扯嘴角，讥笑：“那也许是你供血不足，你得去趟医院查查是不是生病了。”

他哼哼两声：“是病了，相思病。”

我猛地就被他的肉麻激起一身鸡皮疙瘩。

那之后我很自觉地给他们让出了单独相处的空间。

时隔半个月之久，姿雁约我一起吃饭。

正准备从食堂走出去溜达消食时，我看到了沢言。

他身边站着一个女生。

按姿雁的描述是一位样貌姣好的女生。

姿雁瞪大眼睛，眼神里流露出的八卦情绪简直直破天际。

她捅着我的胳膊肘，还特别使劲地揪了我一把，我痛得啊啊大叫，哆嗦着骂她：“你轻点，轻点。皮都快被你揪皱了。”

她完全不搭理我的控诉，兴致勃勃地说：“看到那女生了吗？看到她的样子了吗？”

“看到了。”我答。

“怎么样？谈谈感想。”她睨着我。

“一堆马赛克。”

她被我的话噎住，深吸一口气谴责我：“去去，什么形容词，嫉妒，你这就是赤裸裸的嫉妒。”

我摸摸空旷的鼻梁，嘀咕：“我嫉妒个什么劲儿啊，我这不没戴眼镜，看不清嘛。”

姿雁白了我一眼，挽着我的手继续走，眼里带着点点向往说：“恋爱有时候好像是一件挺愉快的事啊，我看刘沢言和那女生就很般配，男才女貌，别说，还挺赏心悦目的。”

我点头哈腰连连称是，还不忘乘胜追击：“是，是，你说得相当在理，比如你和黎扬也相当男才女貌，简直就是金童玉女。”

她红着脸看我，突然特别娇羞地跺了一脚，娇嗔道“讨厌”。

我被吓得起了一身鸡皮疙瘩。

叁

3.1

沢言这几天似乎心情不好，满脸愁云惨雾的样子。

之前我总小心翼翼想要洞察他的反应，试图求得他的原谅。

时间久了，就像养成了习惯，会不自觉地看他。

他撑着下巴坐在靠窗的地方，阳光笼罩在他周身，他的面目都变得模糊不清。

我转动着水笔，萌生出想要安慰他的想法。

我心里挣扎着，一边想，他会不会觉得我多管闲事？更生气？一边又想，说不定他会原谅我呢？给予处在脆弱时候的人以安慰，应该是一件温柔而善意的事吧。

这样想着，我忍不住撕下一张纸斟酌着在上面写了几句话。

他离我有一些距离，我只好觍着脸拜托同学帮我传过去。

他看到桌前的纸条愣了愣。

我心里劈波斩浪似的咚咚响个不停，紧张得不得了。

我看着他把纸条打开。

良久，他抬头望向我，眼神平静，却盛满笑意。

身旁的姿雁不解地靠过来问："你写了什么，快说出来。为什么他这种表情，我感受到一股深深的背德之意。我好害怕。"

我伸出舌头舔舔嘴唇，眯着眼一副迷离的样子看着她："你猜……"

实际上并非我故弄玄虚，那字条原本也没写什么感人肺腑的字句。

我只是把一直想要对那个男生说的话告诉了他。

我希望他不要再生我的气。

我感谢他在我最伤心的时候安慰了我。

我希望如果他不介意，我能作为朋友在他需要的时候同样安慰他。

似乎从一开始与沢言相遇起，不管我做什么，他虽然会生气、会难过，可最后还是会笑着回头。

他就像一把生锈的锁，很多钥匙想要打开他，但都因为他锈迹斑斑而放弃了，他们可能选了更顺手的那把，其实他是比任何锁都容易解开的，你只要待在他身边，然后摸摸他，他就会义无反顾地为你敞开心扉，哪怕会受伤，他也义无反顾，他比任何一把锁都顺手和勇敢。

我到现在都忘不了那个抬头朝我笑的沢言，就像和你扁着嘴吵架一直重复再也不喜欢你、再也不和你玩的小朋友，可是只要你伸出手说，对不起，我们和好吧，他就会紧紧牵住你的手。

每每这样想起来，现在的沢言就变得更加珍贵起来，而以前那些痛苦也好，伤心也罢，都变得不再那样痛心了，没有比你回头就能看到爱人更幸福的事了。

即使他不开口说话，或者只能艰难地说短短几句，可比其他人任何一句都动人、都让我满足，爱情抛却了语言，剩下的是什么呢？其实我也不太明白，但只要他在身边握握我的手，就胜过一切。

爱情没有语言的时候，可能会变得更脆弱，却更透明。喜欢就是喜欢，不喜欢就是不喜欢，一个字，一个眼神，他便来到我面前，他总知晓我心中所想。

即使我们知道会遇到许多困难。

生活不能总像电影里一样圆满，也不是所有相爱的人都能在一起，他们也许最后会和一个陌生人共同生活、老去。曾经的一切都磨灭了。但那又怎样呢？现在爱的人在身边就是最大的满足。我相信，沢言也相信，所以大概即使分开，人群里总能一眼认出对方。

3.2

我曾问过沢言他原谅我的原因。

他回答我时我们正在小道上散步，雨后的黄昏带着一股清新的湿意。

他低头打字。

我踩着脚下的影子。

一切都让人出奇地心安。

他告诉我，他生活的地方从不曾有人和他说过：“这是我的朋友。”在他的记忆里，很多时候是他自己一个人。小一点的时候小朋友不喜欢和他玩，有时候甚至嘲笑他。大一点的时候他告诉自己只要不接触就不用听到别人的讥讽。

这么多年，他快要习惯一个人了。

可是就在那天我告诉他，我们可以是朋友。

有时候就是这么神奇，可能你不经意的一句话却改变了另一个人很多，说那句话的人兴许觉得微不足道，听的人却甘之若饴。

沢言有浓浓的眉、弯弯的眼睛，看你的时候眼波像是汪洋，生气的时候会发红，委屈的时候努力不看你，离开你的时候却不会回头。

杨冬也从不回头。

他说因为没有值得他回头的人。

沢言却告诉我他不回头是因为——回头就会舍不得。

我始终无法对他这些年来所受的委屈或是苦痛感同身受。

就像生活中健康的人永远了解不到病人的痛苦，他们不仅受着身体上的折磨，还有精神上的担忧。我小姨做过一次中型手术，我记得当时她麻醉刚醒，她说：“疼，健康的时候完全体会不到这种疼有多疼。”

那么我们这些能够正常说话的人一定也无法体会沢言无声世界的恐惧吧，他们就像看到打开的门外的那束光，却拥抱不了。

我从不觉得身体不完美的人会变得不一样，在我眼里他们都是正常人，如果每个人都有翅膀，那么他们也有翅膀，只是我们肉眼看不到而已，他们有时候比常人飞得更远更高。

静下来看他们，会发现他们看起来是很美的风景。

肆

4.1

姿雁很喜欢说一句话："人的一生真正为自己活的日子很少，寒窗苦读，毕业工作，恋爱结婚，生子抚养，白头到老，有几年能够用来做自己想做的事？所以我总提醒自己要更努力，这些努力至少可以为我争取一些时间，想放弃工作去旅游时不会为缺钱而烦恼，没有爱情时不会因空虚而堕于肉欲，而这些都是只有靠自己努力才能争取到的，不断努力，时间就会变得多起来，而消沉时间永远不够。"

我总爱同姿雁说，在我的人生旅途中，她不仅扮演着一位待我相当好的挚友，她还客串了我人生中一位可爱的"哲学导师"。

我喜欢与她交谈。

她和黎扬一样总是浑身散发着勃勃生机，他们的青春洋溢随时都能感染我。

以至这些过了很久，我都时常怀念。

怀念我们夜晚无数次的交谈。

怀念她没心没肺打趣的时候。

怀念我、黎扬和她一起并肩而行的时候。

而现在，这一切已经很难再重温。

那天我的老毛病又犯了，生理痛把我折磨得面无血色。

我趴在桌前面色惨白地合着眼，姿雁伸手轻柔地帮我揉着肚子，我只能有气无力地哼哼两声。

黎扬走过来摸我的头问："怎么了？可可。"

我抿着嘴说不出话。

他坐到我身边圈住我的肩膀："冷不冷，这样会不会暖和一点？"

我睁开眼看到身边的他们，忽地就掉下泪来。

姿雁伸出指尖帮我抹掉，担心地问："这么痛啊，要不要我们陪你去看看医生？"

我流着泪摇摇头。

就这样我强撑了半节课。

下课时，有人走近我，一部手机递到我眼前，我愣了愣，抬头一看是沢言，我睨下眸子凑近手机屏幕。

"怎么了？"他问。

"没事。"我低低地应声。

他把手机收回去，指尖起伏，过一会儿又递来：“肚子痛？”

我支吾了一声。

他点点头，手插进口袋离开了。

我缓缓呼出一口气靠到姿雁身上，她伸手摸了摸我出汗的额头。

“我睡一会儿，上课你就叫醒我。”我说。

“好。”她答。

过了没多久，依稀觉察到有人在轻轻蹭我，我迷迷糊糊地睁开眼，正对上那双美丽的瞳仁。

沢言放下一个矿泉水瓶子，拍拍我的头坐回先前他的位置。

我讷讷地伸手去摸瓶子，竟然是热的，我默默地把它放在腹部，敛下眸子。

黎扬皱着眉凑过来问：“你们，你们什么关系？”

我摇摇头，无精打采地轻推了他一下：“别闹。”

他撇嘴，若有所思：“老夫夜观星象，近来你红鸾星动。”

我无力和他辩驳，下巴磕在桌边不语。

那天我一直看着沢言，他从始至终没有回头。

不知道为什么我突然就掉眼泪了，那个时候想大概是生理期太痛了吧。

4.2

那之后过了好几天沢言都没来上课。

我一直在想着跟他道谢，可是总遇不上他。

等到第二周晚自习他依旧没来。

我思考再三决定去问问沢言的室友徐波，我有些担心他是不是身体不舒服，或者出了小麻烦，不知道我能不能帮忙。

这么一边在脑子里胡思乱想，一边已经走到了徐波的面前。

“徐波。”我叫了他一声问，“你看到刘沢言了吗？”

他推了推鼻梁上的眼镜说：“看到了，刚不是还在走廊上弄手机么？”他顿了顿，带着点探寻的意味，“你找他有事？”

我点头：“嗯，是找他有点事，他还好吧，没生病吧？”

徐波蹙起眉毛摇头：“没有啊，他看起来好像挺好的啊，就是……”

“就是什么？”我有些焦急地瞪大了眼睛。

“就是寝室里就他一人天天睡得比小学生还早，跟提前进入老年期似的，弄得我们打游戏都不敢大声了。”

我听得一噎，嘴角抽搐。

“哎，你不有事找他吗？要我给你带话吗，我‘小灵通’的美誉可不是白叫的。”

我看着他咧开嘴笑，露出整齐的一排白牙。

我扯扯嘴角："不用了，我还是自己找他吧，谢谢了。"

出了教室，放眼望去是空荡无人的走廊，这个点正是自习的时候，大家都在安静地温书，没有多余的人在外头走动。

我顺着走廊一直走，快到走廊尽头时发现了沢言。

他一人蜷着身子靠着楼梯间的扶梯，他头上的应声灯因为我的走动而亮起来，原本黑漆漆的空间一下变得敞亮。

他眯着眼抬头，我正看到他浓密的睫毛上沾着一圈湿意，他原本美丽光亮的瞳仁此刻像是蒙上了一层黑夜中的雾霭。

我愣住，莞尔一笑，有些小心翼翼地坐到他身边，看到他并没有要赶我走的意思，才稍微放松："你，为什么不去自习？"

他把头低下，脸埋在膝盖上，我看不到他的表情，心中有些忐忑不安，磕磕巴巴地开始解释："我原本想找你的，但是你一直没有来，我找不着你，我，我没有想要管你的意思，我是说我想向你道谢，上次，谢谢你。"

说完我偷偷瞥眼看他，他依旧一动不动，就像睡着了一样。

我不知道该说什么才好，他似乎并不想同我说话。

我只好弯着身子抱住膝盖头抵在上面发呆。

良久我侧头看他，他还是原先的姿势，我试探着问："你睡着了吗？"

他终于回应我了，他在摇头。

我被他的回应鼓动，于是深吸一口气凑近，故作轻松地问："你怎么了？你愿意告诉我的话，我帮你分担啊，咱们什么关系啊。"说着我还相当豪迈地拍了拍他的肩膀。

他抖了抖身体，抬头看我，眼里揣着一些疑惑，他低头拿出手机，指尖跳跃，就像是在奏一首钢琴乐一般："我们是什么关系？"

"当然是朋友关系啊，小伙子给姐姐说说你遇到什么青春烦恼了？"我皱皱鼻子故作滑稽的样子问。

似乎是被我的举动感染，他原本愁绪满溢的眉间渐渐放松，嘴角露出浅浅淡淡的笑容。

他的手指再次在手机上滑动着："打字可能没有说话快，你等我。"

"好。"我答。

4.3

沢言和知韵分手了。

那个承载了他风华正茂、情窦初开年纪时满满的回忆的女生，选择了离开他。

沢言的世界就像是一座围城，别人进不去，他也不想走出来。

知韵的一切于困在围城中的他来说，就仿佛沙漠里的一汪清泉。

高中时曾一起放学的午后，落日黄昏的教室里紧紧的拥抱，夜晚小道紧紧握住的双手。终究抵不过时间与距离。

“我们长大了，不能再像小孩子一样以为只要‘喜欢’、有‘爱’就能拥有所有。”她推开他的手，头也不回地走了。

沢言看着她的身影许久，最终也没能把最想问的那句话吐露：“那么你最想要的是什么呢？能不能告诉我，即使再难我也会为了你去努力争取。”

“是不是我不够努力，所以她不要我了？”沢言把手机递过来这样问我。

我蓦地就想到杨冬。

那个曾叫我名字、与我一同看天空的男生，只要一想到他，我还是会忍不住想流泪，还是抑制不住胸口发闷的痛。

我低头看着绞紧的指尖说：“不是你不够好，也不是你不够努力，有时候感情的事就是不平等的，有些人你终其一生、用尽一切努力却总也走不进她的心里，不是因为你不够好，是她心里已经有了别人，塞得太满，没有可以容纳你的位置。”

我转头与他对视，他水波荡漾的眸子亮得像是夜空的星辰，我情不自禁地伸出手碰到他的眼角，他沉默良久慢慢合上了眼睛，我看到自己的指尖轻轻抹去他睫毛上的湿意，然后我说：“沢言，一切都会好起来的，我在呢。”

之前我总叫他刘沢言。

那是我第一次单叫他的名，却仿佛叫过很多次般亲切。

最后他问我：“我们是朋友，是吧？”

“是。”我笑着答。

“你是我的好朋友。”

“好。”

伍

5.1

那天正逢上体育课，黎扬兴致盎然地叫我与姿雁陪他打羽毛球。

黎扬前不久向姿雁表白了。

表白前他忐忑不安地来找我：“你说我到底要不要告诉她？万一她拒绝我怎么办？”

“那就不告诉她呗。”我啃着苹果含含糊糊地回答。

“可这要是不告诉她，她万一和别人好了，那我不得吐血？”黎扬急道。

“那就和她说呗。”我咂巴咂巴嘴。

“喂，你怎么立场这么不坚定。”他不满地看着我。

“这样吧，黎扬，咱们猜拳好了，你输了就再缓一段时间，等你准备好了再去，我输了明天你就去表白吧。”

于是第二天晚上，黎扬就在宿舍楼下摆满了姿雁名字缩写图案的蜡烛，还不忘背着尤克里里扯着嗓子在楼下号姿雁最喜欢听的那首歌。

整栋楼的女生都乐颠颠地跑出来围观，小说里常出现的情节现在换到现实里别有一番风味。

我在宿舍被黎扬那“振奋人心”的嗓音逗得龇牙咧嘴地笑，我一边拍桌子，一边上气不接下气地说：“喂，姿雁，你倒是给人家点反应，你没看到他这是准备你不答应，就在咱们楼下搭棚子开个唱的架势吗？”

姿雁羞得满脸通红，连手脚都不知道怎么放了，她走过来踹了我一脚：“你倒是管管他，让他别唱了，这明天我还不得出了名。”

我捂住被踹的地方扁嘴：“人家不是和你表白吗，我出去算怎么回事？”说了两句，我的声音又被楼下的欢呼声盖住了。

忽地，只见姿雁起身跑到阳台拿起她的脸盆接了一大盆水，我还没来得及叫住她，她已经朝着黎扬当头泼了下去，黎扬在下面瞬间给浇了个透心凉，四周瞬间爆发出此起彼伏的笑声。

事后，姿雁端端正正地坐在黎扬面前相当诚恳地道歉：“我就是着急了，想让你停下来，我没见过这么大场面，我心里慌得很，我，我就一个不小心就……你别生气了，原谅我。”

黎扬嘴都快气歪了，铁青着脸瞪着姿雁。

姿雁可怜巴巴地去戳他的手臂："你原谅我吧，我真的不是故意的。"

黎扬看着姿雁，眼珠子转了转，突然阴森森地笑起来，连坐在旁边的我都觉得毛骨悚然。

"要我原谅你可以，你得听我一星期话，一星期里我说什么就是什么。"黎扬扬高了下巴。

姿雁砰地挪开椅子站起来，一脚踹过去，黎扬龇牙咧嘴抱住被踹的大腿假哭："你这简直就是故意伤人罪。"

"凭什么你说什么就是什么，我可不干，我这个人是很有原则的。"姿雁扬声说。

黎扬挪动身体靠到我肩上控诉："可可，你可得为小的做主，你看看这个刁民，不仅泼我一身水，还踹我，你看看她这是道歉的样子吗？有她这么欺负人的吗？"

姿雁听不下去了，嫌弃地拉开他："你别靠在可可身上，大夏天的热不热啊，我答应还不行吗？"

黎扬眨眨眼笑了。

5.2

"姿雁，陪我打羽毛球。"黎扬正使唤着姿雁，姿雁撇着嘴满脸的不愿意。

我坐在一边捂着嘴笑。

教我们的体育老师是个上了年纪的伯伯，特别注重身体健康，所以隔三岔五就让我们跟着他做他自创的健康操，下面叫苦连天的一片，他也不生气，好脾气地劝说我们。时间久了，大家也就习惯了，做着做着还颇有趣味起来，今天难得老师让大家自由活动，大家简直像出笼的小鸟，撒欢般一下就都跑开了。

我仰躺着靠在周边的护栏网上看他们打球，风迎面吹来，这感觉别说多惬意了。忽地，有人拍我肩膀，我回头，是沢言。

“怎么了？”我问。

他站在一边开始比画。

“你等等。”我拿出手机给他。

“我们去操场走走？”他问。

“行啊。”我起身拍拍衣服朝黎扬他们喊：“我们去操场转转啊。”

黎扬没空理我，随便地摆摆手示意他知道了。

“重色轻友啊。”我撇嘴嘀咕。

我和沢言并排走在广阔的操场上，已经临近黄昏，太阳也就不那么晒了，偶尔微风拂面，倒也有几许凉爽的感觉。

我迈着步子侧头看他，他正好与我视线相撞。

我在他的瞳仁里看到了自己。

蓦地，我的心就跳漏一拍。

他翘起唇角，嘴微张，似乎是想要说话，我凑近，听到他模模糊糊的声音："找我。"

我听得一愣："找你？"

他嘴角扬得更高了，似乎我此刻的表情很让他觉得有趣。

他低头，指尖在手机上轻盈地跳跃："我们不是朋友吗？你要多来找我玩。"

"……哦，好的。"我明白了他的意思，讷讷地应他。

他看起来很满意我的答复，露出洁白的牙齿笑起来，身体向前迈了一大步，走到我前面，我跟在他身后，看着他高高大大的身影，不知道为什么突然就觉得心境不一样了，那种心情是我之前所体会不到的。

一个人他可能在关注你，用他的好默默陪伴你，但你不一定知道，他也并没有想让你了解，这种安静的情感好像比我从前的友情多了些什么，我当时想大概是多了温度，属于沢言的温度。

我忍不住叫他，他回头。

灿若星辰的眸子凝视着我。

我仰头，落日将整个天空都映衬出美丽的橘色，晚霞满天，美不胜收，我说："沢言，快看天空。"

他眯起眼抬头，然后我看到他笑了。

5.3

我与沢言告别后，往相反的方向走，准备去找姿雁他们。

往回走的路上，不知道为什么，突然觉得那条走过许多遍的操场和小道，一眨眼的工夫变得很长，明明刚刚和沢言走的时候那样短。

等我找到姿雁时正好下课铃声打响。

我走过去问："黎扬呢？不等他吗？"

姿雁一边抹汗一边说："他去还器材了，我们先走吧，太热了，再下去我都快变成人肉烧烤了，走，咱去小卖部买冰水喝，我需要立刻变成冰山美人。"

"好，小的这就扶您过去。"我打趣地伸出手肘，姿雁相当自然地把手放上来，挺直了背："起驾。"

我忍不住扑哧一笑。

走了一会儿，她突然板起脸很严肃地看着我问："你和刘沢言怎么了。"

"没怎么呀。"我纳闷地看着她，"有什么问题吗？"

"你长点心，别把同情当错觉，到时候伤害了人家看你怎么收场。"

我听得皱起了眉头："什么同情错觉的，我打一开始就没想同情他，他也不需要我的同情，我觉得他就和我们平常人一样，和他聊得来，他人也挺好的，那么大家愉快地做朋友，这不是很简单的事吗？”

姿雁蹙起眉睨着我说：“不是我特殊化看刘沢言，而是有些事真的选择了就没退路了。你现在和他这么亲近做朋友，那你又怎么能肯定之后你不会喜欢上他？或者他喜欢上你？喜欢一个人需要多久，一个眼神、一句话、一个侧面，人是感性动物，不管是下半身还是上半身，有些人就是能在一秒时间里吸引你，困住你。你可以躲开为什么不躲开？”

“……”谈话陷入沉默。

我不知道该怎么说才能让姿雁明白我的心情，我只是想沢言是朋友也好，以后是别的可能也好，我都不准备躲开，人就是爱把简单问题复杂化，也许当我看着沢言说记得来找他的时候，就没想过要回头，他听到“我们是朋友时”快乐的样子我到现在都记得，那么答应了的事为什么要反悔呢？

回教室的路上我正好遇到站在走廊上的沢言，他走过来想和我打招呼，大概我当时脸色不太好，他顿了顿迟疑着又回到了原地。

整个晚上我都心烦意乱，姿雁的话就像是紧箍咒一般，时不时地在我的脑海里打转。

姿雁凑过来挽住我的胳膊肘问：“你是不是在因为我下午说的话生气？我没有别的意思。”

我摇摇头，摸摸她的脸：“我知道你是为了我好，我当然不会生你的气，我只是，只是在想有没有更好的方法，可以陪伴在他身边，又不会伤害到他，他就像黎扬还有你一样，是我想要珍惜的朋友。”

姿雁沉默了。

晚自习下课时，沢言拉住我，我有点受宠若惊地问：“怎么了？”

也不管我答没答应他拽住我就把我往教室外拉。

我踉跄着跟着他。

他在不远处的小花坛边停下，我仰着头看他，不知道他要做什么，只是傻愣着看他从书包里掏出一杯奶茶递给我。

我接过握在手心，冰冰凉凉的，杯身还沾满了冰块融化后的水汽，我忧愁地问：“你的书是不是湿掉了？”

他听得一呆。

我伸手去接他的书包，把书拿出来一瞧果然湿了，我用手擦擦水渍说：“你以后不要把饮料放书包里，会弄脏的。”

他睁大眼睛一副相当乖巧的模样看着我点头。

我被他那有趣的样子感染到，笑起来：“奶茶是要送给我的吗？”

他扬眉。

“为什么送我奶茶？”

他低头掏出手机，过了一会儿递过来：“你不开心，喝了奶茶会不会开心一点？”

我不太懂他的想法，但不自觉地就心情舒畅起来。

我笑着说："谢谢，我现在很开心。"

他朝我眨了眨眼睛。

眸子里溢满愉快的情绪。

那晚我们一起往回走，夏天的晚风吹来，和着蝉鸣，让人觉得内心无比安宁。

晚上我躺在床上闭上眼，仿佛又看到那犹如星辰般的眼眸，还有那明明灭灭洒在他脸上的夜灯的光影，迎着那束光，沢言嘴角翘起，我那个时候想，这真是我看见过的最好看、最温暖的笑容了。

5.4

姿雁似乎已经默认我与沢言来往密切，只是每当聊天的时候都提醒我适当保持距离。

终于有一天我忍不住问她："你在怕什么？"

她垂下眼睛避开我的视线："你想过以后吗？你真的相信男女之间存在纯洁的友谊？你会慢慢变成他心中特别的那一个，刘沢言只会越来越依赖你，可是之后呢，当你谈恋爱了遇到喜欢的人，他怎么办？当你有了更好的玩伴，他怎么办？你想过这些吗？"

我沉默，似乎每次谈论到沢言的话题总是以沉默结尾，我知道姿雁是为我们好。

她见我不说话，便躺下不再继续。

当她翻身快要睡着的时候，我爬起来把她摇醒，我就是这样，总是在认定的事情上变得固执，承诺的事为什么要改变呢？

我记起高中的时候，我家楼下住着一对祖孙，爷爷是个很和蔼的人，辛辛苦苦地把孙女养大，到了初中那个小姑娘变得很叛逆，总和爷爷吵架，之后姑娘搬过去和父母住了。

我每次回去的时候都可以看到那个爷爷抽一把藤椅坐在门口，有时候会喝茶，看到我会打招呼，有时候摆着一台小收音机，里面放着我没听过的戏曲。偶尔我会和爷爷搭讪几句，有次我随口问道："爷爷你怎么不去院子里走走，那里有很多老人啊，可以一起玩。"

爷爷却说："我看着当当从小长大，小一点的时候是我接送，大一点的时候，到点了我就会抽把椅子坐在门口等她回来，这么多年，习惯啦。"

爷爷说这句话的时候在笑，眼角皱起一道道笑纹。

之后我升高二的时候搬了家，偶尔想起这位爷爷时，会想兴许爷爷也不仅仅是习惯吧，说不定走之前他还握着孙女的手说有空了就来爷爷这里，然后他孙女会说好。所以爷爷一直在等那个小姑娘吧。

不要轻易给人承诺，给了承诺就是给了他希望。如果只是因为随口答应，然后又随意忘记承诺，那个人该有多伤心啊，大概在你玩乐或者做别的事情的时候，慢慢熄灭了那原本燃烧的希望的火焰吧。

我看着姿雁，眼神坚定地说："我不怕。"

她不懂我的意思。

我又重复了一句："我不怕，无论什么那都是借口，一个人只有在害怕和退却的时候才会找许多借口，可是在我看来那些借口都没有存在的意义，我答应了沢言要和他做好朋友，那就是一辈子。一辈子到底有多长，我不知道，可我希望沢言燃起的那把火在我这里不会熄灭。"

陆

6.1

很快我们迎来了新生的第一次校运会。

我陪着姿雁在黎扬的强行勒令下为他加油鼓劲。

还没轮到他上场时，他站在我们面前和一群人东扯西编，进大学后他性子改了不少，做事的态度也认真了很多，人缘自然也就越变越好了，班上的同学都相当喜欢他，见到他老远就在那儿喊班长。

我听着黎扬贫嘴，正开心时，接到一条短信，我打开一看，是沢言，他问："你在哪里？"

我回："在陪黎扬他们呢，你要过来一起玩吗？"

之后因为一直没有得到短信回复，我也就把手机放回了口袋。

等到黎扬比赛结束，我再看手机时才发现有两条未读消息，打开都是沢言的。之间间隔十来分钟，一条是："我跑一千五。"另一条是："你来看吗？"

他在邀请我，我当然得去了，我立马起身往操场跑，结果一眼便看见沢言在草坪里晃荡，我跑过去问："你不比赛吗？"

他看到我摇摇头，我见他还在轻轻喘气，才意识到他应该刚跑完。

我很过意不去地拉住他的手肘仰着头看他："对不起，我刚看到短信啊，来晚了，错过了你的比赛。"

他眨眨眼，笑着摇头，明明是一副快没力气的样子，却强撑着微笑。

我有些心疼地把他拉到空地说："我们找个地方休息一下吧，坐这儿？就是草有点扎人，我觉得毕业的时候一定要给学校提提建议，这不利于我们这种祖国栋梁成长啊。"

沢言一听乐了，开始比画，我猜想他大概因为比赛没有带手机，于是把自己的手机拿给他，他拿过去写了会儿递了过来："陪着我走一圈吧。"

"好。"我答。

和他并肩走了一会儿，我笑起来，他侧头看着我，不甚明了的样子，我转身面对他，倒退着走，他伸出一手扶在我肩上，"很久之前我总是走在一个人身后，所以我从来都不知道他是怎样的表情，他在想些什么，他也不会关注我在想什么，有时候我会突然变得不太懂自己。我一直以为那段日子，我是活在对他的喜欢之中。现在想想，其实我一直活在他的身影之下，他的身影笼罩了我，所以那个时候我才会看不到自己的样子。”

他放在我肩上的手紧了紧，我看向远处，有些释然地笑了。

之后我们一块儿往教学楼走，快到楼梯时，他突然停下，我有些好奇地问：“怎么不走了？你不去参加班会吗？”

他摆手示意我先上去，我和他告别往楼上走，快到转角时，下意识回头看他，发现他还一直站在原地，看到我在瞧他，他就弯了弯嘴角。

那天班会沢言没来参加，我发短信问他，他告诉我他请假了，腿不太舒服。

我看着回复默然许久，班会说了什么也没心思去听了。

那晚我失眠了，一直快到天亮才睡过去。

第二天是周末，我像往常一样准备换好衣服去食堂买早餐。

我刚穿好衣服拿钥匙时短信就来了，我一边看一边往食堂走，是沢言发来的。

他问：“今天忙吗？你在哪里？”

“不忙。去食堂买早餐。”我回。

“我们出去吧。”

我想着他昨天腿不舒服，还是好好休息不要多走动比较好，于是拒绝了他。

等我走进食堂，突然就有人挡住我，我吓了一跳，抬头看，是笑容可掬的沢言，我有些无奈地叮嘱他："你怎么跑出来了？腿不舒服要好好休息的，我们下次再出去吧。"

他凑过来又开始做出很乖巧的样子，眨巴着眼睛，双手合十，把手机递过来："去吧，去吧，就今天。"

我看着他依旧有些担忧："可是你的腿怎么办？"

他摆手拍拍自己胸口，一副没关系的样子。

"真的没关系吗？那这样，你不要勉强，如果不舒服了咱们就回来，好不好？"我看着他，"你要去哪里？"

"去看电影吧。"他告诉我。

在车站上了车后，正巧后排有空位子，我拉他过去坐下，指着他的腿问："你有没有不舒服？"

他扬着嘴角摇头。

我看他并不像撒谎的样子，于是稍微放下心来。

他有些开心地转头看窗外。

坐在制冷效果并不好的空调车里，我看着坐在身旁的这个男孩，阳光照在他身上，他偶尔眯起眼，手放在膝盖上抓着手机，白白的、修长的手指，我想他弹钢琴的话一定很好听，还有他总是干净利落的头发，我忍不住问："你头发是不是很软？"

他回头有些疑惑地看我，我摸摸自己的头发说："妈妈小时候说头发软的人性子也软。"

沢言抬手摸摸，摇了摇头。

我笑出声来："你很好啊，以后多交更多的朋友。"

他看着我，然后慢慢点头，又转身看车外。我顺着他的方向看过去，晃动游离的风景，让我误以为此刻像是变成了两个世界。外面是熙熙攘攘、纷繁复杂的世界，车里是我和静静坐着的沢言的世界。这个世界没有苛责。人们做着自己的事，看着自己的风景，谈着自己的恋爱，带着自己的孩子。这里没有人知道沢言不会说话，他们不会因此羞辱他、奚落他、歧视他、讨厌他。沢言可以这样静静地坐着享受这难得的宁静，不被那些可能受到的伤害打扰。我想如果真的有这样的世界可以停留，希望永远不到站，希望他永远随心所欲做自己想做的事。

6.2

到了电影院，里面迎面而来的冷气让我禁不住抽了口气。

沢言把手机凑过来问："你想看什么？"

"随便。我都可以。"我看着他。

他抬头看了看公映牌，指着一个电影歪头挑着眉看我。

"好。"我点点头。

于是他拿出皮夹准备付款，我也不甘落后地把钱包拿出来，他一把抓住我的手，心急地摇头，指尖飞快地在键盘上敲

出几个字 :“不用你的钱。”

“我带钱了啊，你省着自己用吧。”我拒绝，表达我的不赞同。

“你收进去，不用你的钱。”他皱着眉头又把手机递过来，我看着他一副明显不允许被否定的样子，只好悻悻地作罢。

他这才松开手有些开心地往售票处走，我在身后顺从地跟着他 :“我去吧。”

他显然明白我说的意思，可是还是摇了摇头。他敲出几个字，“你等着我。”

隔着一小段距离我担忧地望着他，心里被焦急充斥，不知道他为什么要在这种事情上那么固执。

后来想想，其实这是属于沢言的特有的温柔。

看电影时，我看到他端坐着相当认真的模样，觉得很有趣，便凑过去贴着他耳朵问 :“你干吗这么认真？”

他十分惊讶地捂住耳朵转头看我。

“怎么了？”我撑着下巴疑惑地问，不太明白他如此强烈的反应。他摇摇头掏出手机噼里啪啦又一阵敲击 :“因为想感受一下自己不能做的事，如果能做是什么样子。”

我把头转向荧幕，轻轻地嗯了一声。

过了许久，我感觉到椅子扶手上沢言的手动了一下，轻轻碰到我的手臂，皮肤磨蹭到皮肤，可是我们谁也没动。

回去的路上我们沿着长长的小路一边走一边聊天，那感觉真好，我一直认为那个时候是属于我们的黄金时代，没有忧愁与离别，安静闲适，不必疲于奔波，就那么肆无忌惮地活着。

我说着无数笑话的时候，他无数次捧场地大笑，又或是我们相互无话时，只这样静静并肩而行却内心安宁、毫无尴尬。

夕阳洒在他的鬓角，衬着他的肌肤，似有许多光芒坠落在他脸庞，他眯着眼温柔地笑的时候就像一幅绚丽的油彩画，我那个时候想到了我家楼下的那只花斑猫，它总是喜欢午后躺在夕阳下晒着太阳，凑近看的时候他会眯着眼嘴角上翘，每次见到我都会很开心，后来有一天我忍不住偷偷拍下来，也是那天我终于知道自己为什么会这样喜爱它，看着那张照片我只觉得浑身散发着满满的暖意，沢言很像那只可爱的猫，每当靠近他，只觉满满的温暖，他就像是小太阳。

快到宿舍时沢言拉住我，把手机凑过来，上面写着："谢谢你。"

我摇头说："没关系啊，客气什么，倒是你，好好休息，腿记得热敷。"

他张嘴想说什么，最后却摇摇头让我回去。我同他告别往楼梯上走，快到二楼时手机响了，是他的来电，我接听问："怎么了？沢言。"

"……"对面寂静无声，我握着电话转身下楼，隔着宿舍楼的窗口我看着他，他还没走，依然站在原地。看到我走近他，他笑着挥挥手，挂掉电话，抿着唇转身。

回到宿舍时，我收到短信。是沢言的：“再见。”

我看着那两个字，突然就掉下眼泪。

这个男孩刚刚是想对我说“再见”才打过来的吧。可是他努力却发现他说不出。

挂了电话，我觉得脑子里空空的，人真是奇怪的动物，有些人等了一辈子没等到爱的人。有些人却在毫无准备下走到了你面前。这应该是件高兴的事，我却觉得带着一些愁绪。

柒

7.1

我喜欢沢言。

也许是在第一次草丛里与他对视时。

也许是在花坛边他守在我身边说不要哭时。

也许是在他看到小纸条朝我笑时。

也许是在那个我们一起流泪的夜晚。

或者是他递给我奶茶哄我开心时。

又或者是在我们走在操场上，我叫他名字，然后我们并肩一起看着晚霞时。

姿雁问过我：“你是可怜他还是喜欢他？”

我是喜欢他还是可怜他呢？

我握紧双手看着指尖，想到那天电影院里的沢言，固执认真的他。想到我们手臂碰到，带着暖暖温度的沢言，想说再见始终无法说出口时他脸上的表情。

“我从没可怜过他，我只是心疼他，他和其他人一样，甚至比他们更努力，可是他越努力，我就越心疼。”我低头轻轻说，“我要怎样喜欢他、珍惜他，才能不让他受一丁点伤害呢？”

姿雁叹口气把我搂进怀里：“没关系，可可你还有我们呢。”我抬头看到眼角发红的她。

炎热的夏季慢慢走到尽头。失去了蝉鸣的世界，好像连空气里都掺杂着些许秋天的萧索，那个藏在心中的、破壳而出的、只有我知道的秘密，被我轻轻掩盖了起来。

秋天的记忆总是带着几分萧索，在我能想起的零散片段中，似乎这个季节被我和沢言更多地刻上了离别的标记。

“我不喜欢秋天。我们每次分别都是这个季节。”我会躺在他怀里偶尔这样撒娇。

那个时候他会亲亲我，然后问：“为什么？这是个收获的季节。”

“我更喜欢冬天。”

“为什么，冬天不是很冷吗？”

每当他这样问我时，我会伸手轻轻捂住他的眼睛，不让他看到我发红的脸庞。

我喜欢冬天，因为只有我知道这个寒冷的季节里，世上却有这么一个独一无二的人温暖着我。

那年的寒假，是沢言送的我。

那是我记忆中十分寒冷的冬日。

我提着行李下楼时，他正站在宿舍路口张望，看到我便把手机递过来："一起走吧。我在等你。"他那样告诉我。

"难道你顺路吗？"我看着他发红的鼻尖。

他嗯了一声算作回答。

"你的行李呢？"

"昨天回去过，东西已经拿过了。今天回来拿忘带的物品。"

"好。"我笑着拖起行李和他并肩而行，他默默抢过我手中的行李箱，礼尚往来我偏头看他说："我来帮你背书包吧，算作答谢。"

行驶的车上，我们站在拥挤的人群里，隔着短短的距离我侧头看他，这样的沢言，是我的好朋友，也是我喜欢的人。如果我对他说我喜欢他，他会是怎样的表情？

下车后我们静默无言地走在小路上，到了院子里，我拿过行李向他道谢，与他告别，没走几步手机响了，我接通，是他的电话，听筒里传来敲击的声音，我想他在跟我告别："沢言明年再见啦。"我轻轻地说，他却没有挂断，一直到了家门口，我说："我到了。"他才挂断电话。

之后的每一次沢言送我回家都会打来电话，在我到家时再挂断。虽然什么都不说，可是我觉得很感动，心里暖暖的。

有次我问他："你怎么每次都不挂电话？"

他告诉我："看你一个人孤孤单单走回去，我不能好好送你，也不能好好说出同你告别的话，每当一想到这些我就很难过，所以这样一直等你回家再挂断吧，我想让你知道我就在你身边。”

我亲亲他说：“好。”

有时也会想到过去的某一天我在沢言家一起看电视，他在剥荔枝，一颗颗剥好放在碗里然后递给我，我看着满满一碗，心里很感动，窝在他脖子旁边说：“你对我太好了，我对你一点都不好，不及你半分。谢谢你。”他把荔枝放在桌上拍我的背，然后将手机拿出来打字。我看着眼泪就几乎忍不住要流出来。他说：“也谢谢你一直在我身边。”

7.2

很快临近深冬了，新年的脚步也越来越近。

快到年关时，我和沢言渐渐断了联系，发的短信石沉大海，偶尔尝试着打过去也毫无音讯。

我很担心他，心里总会禁不住胡思乱想，不知道他好不好？在做什么？开心吗？身体好不好？不会生病吧？没有遇到不开心的事吧？我只能一遍一遍在心里反复问自己，却始终无法见到他。

除夕的那晚，我终于联络上了他。

那天已经很晚，临近深夜，和家人一起新年狂欢后，我回到家洗漱，当我从浴室里出来时，发现手机有三条未读短信，我打开发现是沢言发来的，激动得连手都止不住颤抖，整整快十天了，他消失得无影无踪，我丝毫联络不到他，这种失而复得的感受让我几乎要落泪。

“新年快乐。”“你在哪里？”“回家好好休息。”

我哆嗦着拨电话过去，对面一下就接通了。

“沢言。”我叫他的名字。

对面传来轻轻敲击声。

“你在哪里，为什么最近都找不到你，你好不好？”我忍着酸楚问。

他轻轻“嗯”了一声。

那短短的一个字一瞬间却让我觉得比任何字句都叫人安心。

“我刚回家所以才看到你的短信。很晚了吵到你了吗？”我喃喃。

对面继续传来敲击的声音。

隔着话筒我听到有车辆往来的声音，于是随口问道：“你在外面玩吗？”

他突然就挂断电话，之后发短信来说：“在你家附近。”

我一愣，抑制不住内心的激动，急匆匆地发短信告诉他：“是吗？那你等等，我来找你。”

“骗你，在家。”

“你骗人，我听到室外的车声了，你在哪里？我来找你。告诉我好不好？”

“外面冷，不要出来。”

“你等着我，你在哪里？”

他不再回复我，我始终没有询问出他在哪里。我焦急不安地穿上外套往屋外走，偌大的院子里黑漆漆的，我不知道他会不会就坐在某处，我看不到他，我只能一处一处地找，我发短信告诉他我已经在楼下，希望能和他见上一面。

他终于回复我。

我走到院子大门前，一眼就看到坐在石凳上的他，他鼻尖和脸都冻得通红，我心疼地走过去捂住他的脸问：“你来了多久了？”

他垂下眼帘，把我的手从脸上拉下，握住放在他的口袋里，他的口袋很暖和，一点寒冷都感受不到。

我仰头看他，他静静无声地凝视我。

我忍不住凑近他。

我再次在他美丽的瞳仁里看到了自己。

“新年快乐，沢言，谢谢你来看我。”我低声呢喃。

他的手陡然就在口袋里紧紧握住了我的手。

我看着他如水的眸子轻声说：“沢言，我喜欢你。”

他愣住，表情骤变，连原本紧握住我的手也从口袋里抽出，我的心顿时刺痛了一下。

他皱着眉飞快地敲击键盘："可是我不喜欢你。"

"为什么？不好的地方我会改的。"我说。

"你别喜欢我，我不喜欢你。"

他不再看我，他后退一步和我拉开距离。

他的拒绝那么明显，他眸子里漾着的情绪清晰可见，我一下就懂了。

良久，我笑起来，我听到自己说："和你开玩笑还当真，只是新年的玩笑。"

我用力抠住手心，极力忍耐："我是开玩笑，你不要有负担，我要回去了。"

他点头，转身就走，我一路目送他的身影直至消失，从始至终他都不曾回头。

我恍然哽咽着走到电梯口，电话就在这个时候突兀地响起来。

是沢言的，我泪流满面地打开轻轻按了挂断键。

很久以前我曾看过一本书，说的是《北斗神拳》里头有个主角叫拳四郎，他的北斗神拳可以让敌人在瞬间不知自己死活，直到他手指一指："你，已经死了。"然后敌人的身体就"砰"的一声爆炸，死无全尸，跟渣儿一样。

我看着被挂断的电话想，无论是沢言的再见，还是呼吸，或是敲击，在此刻都可能变成那本书里所讲的那样，一切都将成为最致命的那一指。

捌

8.1

再看到沢言时是在新学期开学后，他头发剃得短短的，精神却不太好。

我装作什么事也没发生的样子走过去和他打招呼，他避开我的眼神点头，我看着他苍白的脸色终究还是忍不住问他：“你怎么了？精神不好？”

“复健期，只是不太精神。”他递过手机。

“嗯，你多注意身体。”我看着他说。

他有些局促地看向教室另一边，而后徐波叫他，他立马借故起身离开。

他在躲我。

我早就知道。

姿雁看出我情绪的波动，她搂着我提议要在校园里走走散心，我答应她。那天难得我话少，她一直想办法让我开心。

可我开心不起来。

他在躲我，只要一想到这个，我的心就像被无形的手狠狠扼住了一样。

姿雁握握我的手说："你在害怕吗？你记不记得之前你说你不害怕，要和刘沢言做朋友？"

"嗯。"我点头。

她摸摸我的脸继续："那你现在也不要害怕，从前你想和他当朋友，那么义无反顾。那是因为朋友是心心相印，懂对方、了解对方，这是两个人的事。就像如果有人在你面前说我坏话，让你不要同我一起了，你会和我绝交吗？"

我摇头："当然不会，你是我最好的朋友。"

"对，因为咱们是朋友，所以无论怎样说，那都是属于我们两人之间的事。那你反过来想想，你和沢言也是，交朋友是两个人的事。那你现在喜欢他，不管他怎样，那都是你自己一个人的事。他可以不喜欢你，但不妨碍你喜欢他是不是？"

地上投射的灯光，将我和姿雁的身影拉得长长的，人们看似渺小，总会被一些事情打倒，有些人会爬起来，有些人却觉得疼不想再走了，但是看看地上的影子，谁说我们渺小呢？从来决定成败的都是我们自己。

"我们回去吧。"姿雁说。

迎着寒风，我听到心里有一个声音在说："我不怕了，喜欢沢言也是，被拒绝也是。"

8.2

沢言一周没有来学校了。

听徐波说他请了病假，也不知道什么时候才回来。

我依旧每天坚持给他发短信，每天两条，我不敢写太多，也不敢发太多，我害怕会给他带来负担和困扰。

我不是非得待在他身边让他给我回应，只要能静静看到他，默默守着他就好，我希望他每一天都能活得轻松愉快。

我从来怕的不是他不喜欢我，而是我的喜欢会伤害到他。

"你在哪里？看医生了吗？严重吗？好好休息。"

今天我也问着同样的问题。

自从新年后，他从未回过我短信。

等我洗漱回来时，意外地收到他的回复，我有些激动得不敢打开，我已经很久没有同他好好交流过了，有时我总会很怀念从前和他在一起的日子。

那个抬头满天晚霞、他噙着笑的日子。

最近我也时常会看天空。

偶尔也会想，他是不是现在也正站在窗边和我做着同样的事情。

“在家里。”他告诉我。

我心跳得犹如沙场的战鼓，连耳膜都似乎被这声音刺激得疼起来。

“好好照顾自己，回到学校告诉我好不好？”我回。

第二天晨读的时候我看到了沢言。

他正埋头趴在课桌上，我走过去听到他平缓的呼吸声，我弯下腰看他，他露出的眉眼背着光，在眼睑下圈出一道模糊的光影。

他睡着了，很少看到的安详的表情。

我回到座位。

课上忍不住看他，他像个雕塑一般整节课都维持着原本的动作，老师走到他位置看到他，手指轻敲他的桌子，他动了动缓缓坐起来，双手交叠撑着下巴。

隔着人群，我看到他脸色苍白，也不知道是窗边的阳光让他看起来这样，还是他身体不舒服才如此。

等到下课时，他依旧俯身睡着，我忍不住到底还是走了过去。

我凑近轻轻叫他名字：“沢言，你睡着了吗？”

他合着眼小幅度地摇头。

我蹲在他膝边仰头看他：“你昨晚没睡好吗？你是不是不舒服？要去看医生吗？”

他的睫毛缓缓颤抖，而后睁开眼，我看到他眉眼间溢着浓浓的疲倦。

“你要去吃午餐吗？”我悄声问。

他看我良久，最后有气无力地掏出手机，指尖在键盘上缓慢地敲击：“不去，不想吃。”

我心里难过，伸手担忧地握着他的指尖：“不可以不吃东西的哦，我陪你去吃一点好不好，你起来，我们一起去好不好？”

他看着我，瞳仁深不见底。

“如果你愿意，我们就休息一会儿，然后一起去好不好？你眨眨眼睛算是回答我好不好？”我眼睛一眨不眨地望着他。

我看到他的睫毛轻颤了一下。

到了用餐的窗口，我回头问他：“你想吃什么？”

他仔细地看我，似乎是在征求我的意见。

“我吃什么都可以，要不我们买一些粥吧。”

他点头。

我端着粥放到他面前，我喝了几口自己碗里的，淡淡的甜，也不是很浓稠，还不错。我笑着抬头看他，想要发表自己的看法，他坐在对面，手轻轻握住勺子无意识地搅动，却一口也没喝。

也不知道为什么看他这个样子，我觉得心里难过得很，鼻头泛上浓烈的酸楚。

“你吃一点点好不好，求求你。”我看到自己的泪珠掉到了纯白的粥里，圈出淡淡的影。

他低头慢慢把勺子里的粥水放进嘴里。

我擦擦眼睛，清清嗓子故作轻松地问：“下午没有课，你准备做些什么？”

他停下来，抬眼看我，迷雾似的神情带着专注，莞尔一笑，他拿过一旁的手机指尖跳跃，“大概睡一会儿，下午去输液。”他说。

“好，我……”我止住话语，“没什么，你好好休息。”

吃过饭，我送他回宿舍，与他告别后我去楼道边的便利店买了个面包。

之后我坐在宿舍楼外的石凳上等他，他只要出来肯定会经过这里，我一眼就能看到他。

我没有告诉他我余下未说出的话，我想说，让我陪你一起去吧，我想守着你，我不需要你任何回应或是回报，只要守着你就好，看着你好起来，我才能放心走开，去到应该远离你的距离，我不会打扰你，如果喜欢是一个人的事的话，那我就在一定距离看着你就好。

我迎着寒风看着过路的人群，阳光随着时间慢慢变淡，最后只剩黑夜里小道上微暗的灯光。

我低头看着自己的脚尖发呆，过了一会儿身前突然多了一个身影，我仰头看，是沢言。

他满眼愤怒地瞪视我，嘴唇紧紧抿起。

我笑笑："我们走吧。我陪你一起去。"

他蹲下身把我冰冷的手心放到他滚烫的脸上，手在我手背上磨蹭，他仰头呵出一口雾气。

我凝视着他不说话。

等我手心变得暖和了，他就起身把我的手放进他的衣服口袋里。他掏出手机敲击送到我眼前："外头很冷，你为什么一直在这里，不要让我担心你。"

我在他口袋里双手收拢握成拳，身体凑近他："那么你看在我等你这么久没功劳也有苦劳的分上，让我陪你去吧。"

夜灯下我看到他熠熠生辉的眸子里盛着快要掉落的波光，最后他叹了口气，缓缓俯下身额头轻碰我的额头。

我闭上眼睛。

那刻我心里想，即使不能和他在一起，但此刻的温度，在这冷冽的寒冬曾有个男孩子给过我这样温柔的温度，这是无数个寒冬里我所感受到的最温暖的温度。

8.3

我坐在他身边看着输液管里的药水像小雨滴一般滴答滴答地落下，我情不自禁地碰了碰输液管，上面透着一股凉意。

我凑近他低声说："不舒服就告诉我，我帮你叫医生，或者想要什么也和我说，我帮你做。"

他闭着眼睛靠着椅背点头，巡查的护士经过，提醒我："多看着他手，幅度太大小心会跑针。"

"好。"我应。

过了一会儿，沢言的呼吸越来越平缓，我凑到他耳边轻声问："疼不疼？"

他似乎困了，像快睡着了一般。

我把盖在他身上的羽绒服提了提盖住他胸口。

手伸过去轻轻摸他输液的手，我怕他手太凉了不舒服。

其间换药也没有停下抚摩他的手。

过了一会儿，我觉察到身边的人似乎已经醒了，我转头正逢上他通红的眼眶，看到我发觉了，也不避开视线，只是伸出他的手摸了摸我的头，极为温柔的力道。

时隔这么久，我再一次从他美丽的瞳仁里看到了自己。

出来时，宿舍楼已快要关门，我提议打计程车回去，这样我们兴许还能赶上宿舍关门的时间，他扬眉同意了我的建议。

我们站在路边等了很久，终于等到了车，我缩了缩吹得有些麻木的脸躲进车里。

车里的暖气扑面而来，让我舒服地感叹出声。我靠着车门隔着窗子看外面。

漆黑的晚上，万籁俱寂，唯有风的声音，我放松下来合上眼睛，今天一天都让我很开心。

只要能这样看看他，说说话，他能好起来，比什么都让我放心和愉快。

过了一会儿，我原本放在膝上的手突然被他握住，我梦游一般有些迷糊地回头看他，他静静凝视着我。

他那双美丽的眼睛非常明亮，就像有光芒一样。

他忽地弯弯嘴角，缓缓凑过来亲吻了我的嘴唇。

带着他的温度和温柔。

我睁大眼睛看着他，他伸手把我的脸拉近，他移动着嘴唇，我能闻到他身上香波的味道，他的身体笼罩着我。

我缓缓闭上了眼。

8.4

我脸红地低着头看自己绞紧的手指。

他把我紧紧搂在怀里，下巴抵在我头上轻轻磨蹭，带着撒娇的意味，我们就这样相互依偎，什么也没说，我却觉得这样的气氛很好，它让我的心柔软得就像是浸泡在温水里，随着水波荡漾。

他松懈了所有力道静静靠着我，这让我想起青葱时的愿望，那个愿望我在书上也曾看过，短短的字句字字珠玑：“我希望有这样一个人，只有在见到我的时候，卸下他所有伪装，静静躺在我怀里，安心地睡着了。”

到宿舍楼时，他松开我的手，我看着他，内心还是禁不住有些期待他能和我说些什么，他凑过来亲吻我额头，向我招手。

我缩在羽绒服里往楼道走，电话就在那个时候响了，我接通对面依旧无声，我知道他一定除了再见还有许多许多话想和我说。

不过没关系，即使你不能说，即使会很艰难，即使人们常说的那三个字你都可能无法告诉我，这都没关系。因为你就是你啊。

我站在黑暗的楼道里轻轻开口：“沢言，有句话我从没和你说过，不说是因为我知道你心里懂，可是今天我还是想亲口告诉你。人呢，会面对许多选择，但是沢言，我不是只能和你同甘，我也可以和你共苦。”

我挂上电话。仰头看夜空，蓦地就觉得这段时间一直纠缠自己的烦恼突然被风吹散，不见了。

玖

9.1

第二天一大早我就在宿舍楼外看到了沢言。

他在等我。

他手插在口袋里站在那儿，看到我就很自然地走过来牵我的手放进他口袋里。

另一只手把手机递过来："一起吃早餐吧。"

我笑："好。"

吃过早餐，他牵着我选了教室靠窗的位子坐下。

他的手一直紧紧拽住我，等到上课也没有松开，我空出的手拍拍他，指着老师，沢言扬眉拽着我的手放到课桌下，眼睛睨着我，带着得意的神情。

下课他带着我在操场上散步，牵着我的手偶尔看着我笑一下。

走了一会儿，他突然停下来，眼神坚定。

“怎么了？”我问。

他沉默片刻，指尖在键盘上跳跃。

我心里绷得紧紧的，不知道他会说什么。

他把手机递过来：“你跟着我会受苦，会受委屈。”

“不怕，有你在呢。”我答。

“我不能说其他男朋友那样逗你开心哄你的话。吵架都做不到。我能做的很少，唯一能做的就像今天这样，只要你不松手，我就一直牵着你。比起同甘共苦，我更希望你能只同甘，那些苦，我帮你挡着。”

我走过去搂住他，脸颊藏进他怀里，不让他看到我泪流满面的样子。

我听见自己嘶哑着嗓子低低地说：“我不怕，我有你就够了。”

9.2

之后我曾问起过沢言：“你为什么改变主意了？你说你不喜欢我的。”

沢言回答我时，我们正在旅行，推开窗就能看到许多古色古香的建筑与楼房。

他告诉我，那天醒来他看到我在抚摩他打针的手，那样的小心翼翼，还有我一个人在冷风里冻得惨兮兮只为见他，那个时候他就在想，世上大概没有第二个女孩会这样对他了。

他不想我被别人牵走。

他说话时深情的眼眸和之后几年见我的父母亲时无异。

那几年好像每到这个时候，他就会变得敏感脆弱起来。

他变得极其沉默，我不知道该说什么宽慰他，我只能紧紧搂住他："沢言，你会不会离开我？答应我，不要离开我。"

我内心的惧怕无法言说，因为我知道他比我更害怕，可是他是男子汉，害怕只能藏在心里，明明眼角发红却不肯哭出来，这样的沢言我这么喜欢。

可是人生那么纷繁绵长，我们真正能够抉择的又有多少呢？我们生命中会遇到那么多人，我们哪天会不会就走散了。我只能握起他的手，他低着头，眼泪静静流下来，滴在我手背上。

我捻着手背上他的泪，那液体散开蒸发，他摇着手指着眼睛，大概我也在哭吧，我抚着了无痕迹的手背，心里什么滋味都有，好像已经不记得从什么时候起，沢言变得爱哭起来，我也是。

临睡前，他把头放在我膝上，我温柔地抚摩他的头发，每当那个时候他就会舒服地眯起眼睛。

快入睡时，他会抱着我的腰，我只要静静听到他的呼吸声，之前的焦躁就会全部消失掉，只剩下安心。

然后我会握住他的手说："我在这里，哪里也不会去，你不要怕。"沢言便会凑过来亲亲我。

有时候我睡到半夜迷迷糊糊醒来，感觉到他在亲吻我的脸和额头，我会以为他因为要见我的父母而不安，于是每次都会宽慰他："我在。"他张嘴很久没有发出声音，我便把手掌伸过去让他写，他写了三个字。我看着他，心里想，沢言虽然很少跟我说这三个字，但是倘若他说，一定是世上最为深情的字句。

一年前的一次会面我记忆颇深。

那天我们到得很早，爸妈都在家。

爸妈请他进屋倒好水给他，让他坐下，之后沢言就从书包里掏出一沓卡纸，上面写着字，我不知道他是什么时候准备的，可能是前一晚，可能是早晨出发前，也可能是很久很久之前他一个人在房间里写，默默练习的。

我看着他把纸片一张张举起："阿姨叔叔好，我是刘沢言。""阿姨叔叔打扰你们了。阿姨叔叔对不起，我很想和可可在一起，请你们给我一个机会。""阿姨叔叔对不起，许多个对不起。"

我坐在他身旁眼睛都模糊了，只好起身到厨房打水。爸爸妈妈闷不吭声，比起当初激烈的反对，近年来他们平缓了很多，甚至出现动摇的模样。

妈妈低声说："沢言，你休息一下喝点水吧，等会儿再说。"

爸爸把我叫到房间问我："你是不是一定要和他在一起，不愿意分开。"

"对不起爸爸，我真的很喜欢他，就像你和妈妈一样，希望能过一辈子，我知道你们是心疼我，没有哪个父母不希望自己的子女好，沢言除了不能很好地说话，什么都比别人好。"我吐露，我恳求。

"你们还年轻，不存在什么灵魂伴侣，你们连起码的交谈都有难度，你们怎么过一辈子？"爸爸沉着嗓子说。

"是，我们还年轻，可我们没有被爱情冲昏头脑，我们知道什么是现实，一辈子那么长，也许我可以和更好的人在一起，但是世上最让我安心的却只有沢言一个。我们交流有困难，但我还是想试试，为什么不能试试呢？"

最后爸爸叹口气摸着我的头喊："可可。"

爸爸自初中起就开始叫我的全名，此刻他却喊着我的乳名，他心里的滋味大概是苦涩的，而我明明知道，却不知道应该怎么做才能让大家开心，明明我们这么努力。

之后我和爸爸出了房间，妈妈坐在沙发上看手机，沢言在剥核桃，剥好后轻轻放在靠近妈妈的盆里。虽然那核桃根本没有动，可沢言还是很努力地在剥。

妈妈看到我，叫我坐到身边："你瘦了好多。你根本不会照顾自己，还和小孩子一样，我怎么放心你以后……"

我握住妈妈的手，靠着妈妈的肩膀说：“我永远都是妈妈的小宝贝，我会学着好好照顾自己，沢言也会把我照顾好。”

妈妈的眼泪蓦地就落下。身旁的爸爸也偷偷擦泪。

等到我们走的时候，我看到沢言之前剥的核桃已经没了。

妈妈还坐在沙发上，出门的时候爸爸摸了摸沢言的头。

回程的路上，我和沢言手牵着手慢慢走在路灯下，他突然蹲下来，“你干什么？”我问他。

他做了背的姿势，我靠过去，他背起我，我贴着他耳边说：“沢言我好累，感觉一点力气也没有了。”

他回头看看我。

我继续说：“沢言你能这样背我多久？”

他看着前面沉默。我望着一路延伸的路灯，心里想大概是很久很久吧。

拾

10.1

我会时常怀念，刚和沢言在一起时的日子。

那带着一些苦涩和温暖的日子，偶尔我会在梦中重温。

那是我们刚刚在一起，那一年五一放假，我去姥姥家玩。

那天是 7 点的火车，当时沢言 6 点就发短信告诉我 ：“我在秘密基地等你。”

他所说的秘密基地其实是我家院子里非常隐蔽的一个小亭子，那里很少有人去，沢言喜欢坐在那里的石凳上等我，每次看到我就笑得很开心。

我收拾好下楼往院子外走，看到他的时候他靠在柱子上睡着了，我轻轻将他推醒，他迷迷糊糊抱着我的腰蹭了蹭，我问 ：“你怎么在这里睡着了？几点来的？”

他伸出手比了个五字，我相当心疼地摸摸他的脸说 ：“你来这么早干什么，在这里睡着了感冒怎么办？”

每当我这样问他，他就会告诉我：“我想早点见到你。”

我抚摩着他浮肿的眼角低身亲吻他。

那天晚上他通宵在工作，为了送我只睡了一两个小时，在车上他一直打瞌睡，可手还是紧紧牵着我。

到了车站，他强打着精神为我买了很多吃的，还帮我拖着行李箱。

车开动时，我隔着窗子还能看到他站在原地看我，一动不动。

中途我收到了他的短信：“放了一些钱在你的行李箱里，买自己想买的，别舍不得花。”

我打开看，里面有3000多元，对于当时还是学生的我们，还未走上社会的我们，我不知道沢言是花了多少个晚上接了多少工作才赚了这些。

他从来都不会对我说。

那年年末的假期，詹蕾同她的男友黎辉约我与沢言一同去旅行，遥远的路程让我们疲惫不堪。几经商量后我们决定先到预订好的住宿地安顿。

好不容易到了酒店，我激动地捏住沢言的手臂，兴奋地号道：“斯文蒂斯大酒店，国际名店啊，不是凡夫俗子可以住的地方啊，天呢！詹蕾你是怎么做到的！宝贝，我爱死你了，我终于可以在其他朋友面前好好显摆了。”詹蕾一副看白痴的表情斜眼瞅着我，只差没把眼珠子睨出来，我毫不在意地损道，“眼神不好使吗？滴眼药水啊，我有啊，你要吗？”她伸手推开我十分嫌弃地说：“去去去，一边待着去。小疯子。”

沢言噙着笑在一旁看得十分有趣，他伸手递来手机问道：“为什么说是斯文蒂斯大酒店？”

我高深莫测地看着他，重重地拍着他的肩膀“小伙子，你还是太年轻啊，要多扩充自己的视野和知识面。老夫告诉你一个最强显摆方法啊，把所有酒店名的中文译成英文再译成中文好好感受下，是不是觉得那档次瞬间噌噌噌往上提？谁用谁知道啊，好好学着点儿，家传秘方不外传啊！”。

沢言顿了顿，低头思索了好一会儿，抽搐着嘴角推开了我。

我贴过去靠在他身上，他低头敲击键盘，屏幕上赫然出现几个大字：“小疯子。”

我眯着眼露出阴森森的一片白牙，笑得好不快活。

在酒店安顿下来吃过饭后，詹蕾邀我们去她房间玩扑克，沢言兴味索然地躺在床头表示不参与，我和詹蕾还有黎辉在一旁玩得热血沸腾，几盘下来我耍赖道：“不玩了，不玩了，你们铁定动了手脚，怎么每回赢的都是你们，一点儿人情味都没有，我心好痛。”

詹蕾翻着白眼踹我：“去去去，技不如人还怪别人技艺超群，黎辉咱俩玩。”

我爬到正眯着眼闭目养神的沢言旁边，掏出手机摆弄，过了一会儿对面渐渐安静下来，我偷偷放下手机瞄了一眼詹蕾，她正和黎辉背对着我们坐在床尾，黎辉侧身笑眯眯地捏捏詹蕾的脸蛋，她便轻轻用头碰了碰他额头，我瞬间被这对腻死人的情侣弄得一身恶寒。我撇嘴翻身朝向沢言侧躺，过了一会儿，他突然伸手抓住我的指尖，我愣了愣放下手机看他，他依旧闭着眼，我凑近他悄声问："是不是我用手机吵到你了？对不起哦，我这就收进去。"

他睁开眼看我，手指移动到我脸上，我怔怔地握住，就在那一刹那他迅速凑过来吻了我。

等我反应过来时，他早就躺回去，依旧是闭着眼的样子，仿佛刚刚的一切都只是我的错觉。

我禁不住握紧他的手笑起来。

晚上我们四人结伴去看夜市。

那是我第一次同他一起外出。

虽然是冬天，但那里人依旧很多，古香古色的街道灯火通明，经过一座小桥时，我开心地说："沢言你快来，我们一起走这个桥。"他笑着走来把我的手放进暖暖的口袋。

我靠近他："下次我们再来，带着我爸爸妈妈和你爸爸妈妈，一定很热闹。"

他本来笑着的眸子忽地就变得暗淡无光，我捏捏他的手说："会有那天的，你要相信。"

他炯炯有神的眸子凝视着，星星亮亮的眼波里溢着无法倾诉的情感，他拉过我的手心轻轻在上面写字，他写了个

“我”字。

我握紧，伸手搂住他：“我知道。”

没关系，人生的路那么长，有你在，就够了。其他的真的没关系。

凌晨回到酒店洗漱后，我坐在床边吹头发，过了一会儿，手中的吹风机突然被人拿走了，我回头看到沢言一边摆动着帮我吹风，一边轻轻拨我的头发，我抬眼笑起来：“你这样好像爸爸给女儿吹头发哦。”沢言关掉吹风机凑近轻轻地说：“哥，哥。”我激动地拽着他衣服问：“你说什么，你再说一次。”他眼波深深，含着温柔的笑容：“哥哥。”短短一句比之前更顺畅，深沉而有力量。我站起来搂住他，笑眯眯地说：“我好开心啊！”他凑过来亲亲我，打开吹风机继续帮我吹未干的发丝。

吹好后我躺进被子里取暖，沢言放好吹风机站在床边看我，我明白他的意思，他是在询问我他能不能躺进来。那个时候虽然我们已是恋人，但在此之前我们还从未这样近距离地亲密接触过，无论何时，他总是相当地尊重我，从不会做任何过度亲密或让我反感的事。我点点头往里挪了挪示意他过来，他小心翼翼隔着一段距离睡在床边平躺着，我侧过身看着他：“你刚刚说什么哥哥？”他转过头笑着指了指自己。“你？”我疑惑地问。

他转身凑近一些，嘴角扬得更高了：“叫，哥哥。”

我转了转眼珠，不太确定地询问：“是让我叫你哥哥吗？”

他笑着点头。

我愣了愣，思索平时我向来都叫他全名，最亲热也不过是“沢言”二字，也从未有平时情侣之间取的爱称，现在想想他提议的这个“哥哥”似乎挺有趣。亲切而不过分亲昵，相当合适。我声音洪亮地喊道：“哥哥。”他弯起嘴角相当满意的样子，摸摸我的脸。我伸手握握他的手，轻轻吻了吻他的指尖：“晚安。”

记忆中的那个夜晚他似乎温柔地用手指梳理着我身后的发丝许久，轻轻柔柔，就像流淌的溪流，让我觉得如此安宁、幸福。睡意蒙眬时我感觉到他轻轻搂住我的腰，而后在我耳边留下浅浅的吻。

那个时候我想，他如此地珍惜着我。

那之后的几天我因为水土不服提前到了生理期。

我蜷缩着身子躺在床上休息。

这个地方沢言一直想来，我不想扫他的兴，于是挣扎着起来，他发现我痛得额头冒汗，连连摇头。

我握住他的手，扯着嘴角：“没关系，我可以。”

他不答应，拿过被子盖住我，然后俯身亲亲我。

“等我回来。”他把手机递过来。

我撑着身子问：“你去哪里？”

他只是吻我。

之后他买了个热水袋回来，然后灌了很多热水帮我热肚子，等凉了继续换，我迷迷糊糊地躺在床上，印象里他似乎就一直蹲在床边看我。

偶尔等我清醒一点就喂一点东西给我吃。

再醒来时是晚上，他还蹲在床边守着我。就那样直直地坐着守在我身边。

我忍不住就哭起来，他红着眼趴在床头为我擦眼泪，我哽咽着问："我想嫁给你，你会娶我的，对不对？"

他深深地看着我，过了一会儿亲亲我嘴唇。

返程的飞机上，我昏昏欲睡，沢言紧紧握住我的手，我靠着他的肩膀说："沢言，下次我们再来一定和爸爸妈妈一家人一起来好不好？"

回答我的只有轻轻用指尖抚摩我手背的沢言的手，我就那样靠着他睡着了，半梦半醒的时候感觉他把衣服盖到我身上，好像吻了吻我的耳朵，又像是说了什么，我想怎样都好，倘若他说，一定是我最想听的字句，倘若是梦中，那他一定在叫我名字，千遍万遍也不会厌倦，这一定是个美梦。

10.2

偶尔我们也会吵架。

人大概是越在乎对方越会放大对方的一举一动，变得不像自己，迷失了自己。

其实我们爱的何尝不是一个自己想要变成的人，沢言有我没有的隐忍，有我没有的干劲，有我比不上的深情，有我羡慕的内敛，这么多的没有，都变成了一个沢言，变成了一个一直在我身边的沢言。

年长一级后，我们学业变得繁重，沢言在外接的兼职也多起来，我看着总是觉得很心疼。

有一次在图书馆我趁他趴着休息时，把他接的活偷偷拍下来，用了整个下午把它做好，晚上约沢言出来时我很开心地交给他。我一直想着能为他分担一点，而他看着那些稿子第一次对我发脾气。

我看过他开心的样子、生气的样子、难过的样子、深情的样子、温柔的样子，却从未看过他灰心的样子。

我甚至还记得他抽出手机打字时手指轻微颤抖的样子，他告诉我：“也许你觉得我这样可能太过夸张，但是你曾哪怕一丁点真的想过我们是平等的吗？你真的把我当正常人吗？”

那个时候我完全无法理解他说这话的心理，我只觉得伤心，我那么喜欢你啊，我很心疼你，你那么疼我，为我做了那么多事，为什么我不能为你分担一点呢？为什么我做的就变成了看不起你？我们不应该是很亲密的人吗？这不应该是最简单的一件关心你的事吗？为什么你会这样想，说这样让我伤心的话呢？不久前明明我们还那么好。

“从来看轻你的不是别人，是你自己，从来想保护你的我在你眼里却是刺到你的我，我知道你有你的骄傲和尊严，但是在我这里我不怕你刺到我，可是你可不可以为了我也把你的刺稍稍收进去呢？我只是觉得你辛苦想帮帮你，从没有看不起你。”我低声说。

他抿着唇沉默，过了很久他告诉我：“人生本来就会很辛苦，如果你和我在一起每次看到我苦都心疼我，把原本我应该做的都做了，我还有什么能力去拼尽全力和你在一起？这只是很小的辛苦，以后会更辛苦，难道一有辛苦你就要帮我吗？你这是在帮我还是在害我呢？”

我蓦地就懂了他的良苦用心。

我只能哽咽地紧紧搂住他，我道歉，我恳求：“对不起，沢言，对不起，我明白了。”

他低下头，脸埋进我的脖颈，热热的湿意似乎把我狠狠灼伤。

很多时候我们总想着如何对对方更好，却忘了问对方是否需要，我们总想着对方应该能够理解吧，即使不说你也知道我心里在想什么，我们努力向对方表现自己有多开心满足，却不敢轻易让对方知道自己有哪些不愉快或困惑。我们给了对方太多，却不知道对方是否需要，恋爱就是这么回事，往往是可以从嘴里讲出来就解决问题，我们却只愿意留在心里让对方猜。

上天赋予了我们爱人的能力，却没有告诉我们真正爱人的方法。

但沢言在那刻教会了我。

中卷

壹

1.1

有时我总会想到那个炎热的午后，我和黎扬躺在那片不算宽阔的草丛间，小道两旁绿树成荫，阳光洋洋洒洒从叶间缝隙中倾泻而下，光影斑斓，让人觉得恍惚却又心安。闭上眼能听到风的声音，也能感受到草丛里的清香。黎扬咧着嘴，眉间带着一丝轻浮笑眯眯地说：“这地儿还真适合给姑娘来一通告白。”

所有的一切仿佛就如同昨日一般。

那条小道一如当年寂静迷人，而曾躺在草丛间的两人却似乎被封存在了时光里。

那个曾做过无数次等待，始终不敢表露心迹的女孩，现在正学着要如何紧紧握住心爱人的手。那个看似玩世不恭的男孩，岁月涤去了他的张扬，他的眸子亦如一汪深邃的湖水，无论何时只愿承载那个不曾回头看他的人。

白驹过隙的时光里，也许我们拥有的不仅仅是失去，抑或是拥有，更多的是改变与成长。

无法停住的光阴，却承载了无数沉甸甸的记忆。

那么多纷繁的回忆里，始终觉得与沢言之间终究是美好要盖过那些晦涩的。我们牵手走着，并不知道会走到哪里，可这些似乎变得不那么重要了，遇到困难紧紧抓住手，遇到快乐静静分享，遇到痛苦就抱抱吧，有什么呢，都可以熬过去的，坚持，再坚持一下。

那个时候我总对自己说勇敢一点，你勇敢，那么沢言才能更勇敢。

1.2

大四的那年暑假，与往年无异，让人大汗淋漓的午后始终听不到风的声音，唯有不曾停歇的蝉鸣。

沢言发来短信那会儿，我正坐在床边帮妈妈叠衣服。

房间里充斥着电视中主角们家长里短的台词，而此刻我却只是觉得他们聒噪不已。

我只能盘着腿像个傻子似的干瞪着手机，沢言突如其来的询问让我措手不及：

“你愿不愿意和我回去？我想让你见见我妈妈。”

我听见自己沸腾的心底正叫嚣着：我愿意，我当然愿意！

曾无数次幻想过这样的情节，能和他堂堂正正牵手坐在爸妈面前，能搂着他的手臂向身边人说他是我的男朋友，没有一次不想得到肯定、得到祝福。

沢言就像是照进我生活中的光，会让我无时无刻不感觉温暖四溢，他不该被藏在角落里，我想让更多的人看看他是多么值得相守的一个人。

我一直在等待一个可以同妈妈开诚布公的机会。

一个能让疼爱我的家人安心，将我托付给沢言的机会。

我起身走向阳台，妈妈正取下衣架上的衬衫，她回头看到我，伸手摸了摸我的脸：“怎么不待在屋子里，外头热。”

“我出来陪着您不好吗？”我伸手从她背后抱住她，过了好一会儿轻轻开口问：“妈妈，我给你讲个故事好不好？”

妈妈抖抖洗好的衣服眯着眼笑，眼角微微蹙起浅浅的纹路：“好，你说，我听着呢。”

“我认识的人里有一个女孩子，她交了一个男朋友，两人感情特别好，那个男孩子对她好得不能再好。可是……那个男孩子有失语症。”

我止住话语停下来看妈妈，陡然变得有些激烈的心跳让我觉得憋闷，有些无法负荷，那种无所适从的感觉，逼得我不得不深深吸了口气，试图驱散这如鲠在喉的痛意。

“失语症是什么？”妈妈低着头摆弄手里的衣服，“是很严重的病吗？”

“就是……不能完全……说话。”我只能扯了扯嘴角，干巴巴地回答，我觉得口腔里溢着一丝苦涩，我不知道自己是否还能继续说下去。

妈妈默默地转头看我，她眼里忽明忽暗的光让我无所遁形，仿佛接下来任何一句都能将我凌迟。

“哑巴？”

“……不，不完全是。”我试图掩住嗓音中的颤抖低低地回答。

那种像是被一双无形的手紧紧掐住了脖子，呼吸都随之一滞的仓皇感让我心痛得厉害，那种痛扩散到四肢百骸，痛得让人再说不出话来。

妈妈闷不吭声地背转过身，将我抱着她的手拉开，而刚刚还满脸盛着的笑意早已消散不见，她低身将叠好的衣服拿好走回屋里，我靠在房门边看她，窗外的阳光刺得我眼疼，刺得我鼻头溢满酸楚，刺得我想要号啕大哭。

屋子里电视机依旧响着，却始终无法驱散此时变得有些阴沉的气氛，妈妈抚着衣柜上的扭花把手，始终不说话，我维持着原先的姿势站在那里，我没有勇气走过去，我只能试图隔着这看似短暂的距离哑着嗓子叫她，我听见她问：“那女孩子的父母知道吗？”

“不知道。”我低下头看着自己的脚尖。

妈妈背对着我，哼笑一声：“呵，幼稚，她的父母肯定不会允许的。”

“为什么？如果换作我是那个女孩子呢？”我抠住手心喃喃地问。

妈妈蓦地转身，面色变得极为难看，死死盯着我，嘴唇掀了掀：“我绝对不会允许这种事的发生，不仅我不会同意，你爸爸也不会同意，让我们知道一定会马上扼杀掉，一点苗头都不允许有，想都不要想。”

那透着咬牙切齿意味的话听得我浑身一震，我白着脸站在那里：“如果我是那个女孩子，我不会和那个男孩子分开。”

妈妈听得一愣，继而又呵呵笑了起来，我听到她咬着牙，喉咙急剧地抖动：“你……如果我是那女孩子的妈，她要是不听话就是打断她腿，把她送出去，我也不会让那男孩子害了她，听明白了吗？”

“……嗯。”

我拽着衣服，太阳穴突突猛跳，僵着身子把手机握到手里，我不知道这句低到尘埃里的“嗯”是说给谁听，我渴望得到赐予我生命的母亲的理解与救赎，却在最后只能说出这如同末日挣扎般的呓语。

很多时候我总一边想着不伤害疼我爱我的人，而一边又做着似乎会让他们难过的事。我无法忍受疼爱我的爸妈对我失望，却也无法对沢言放手。

那晚黎扬一边流泪却又一遍遍重复的那句话，现在却如同诅咒般紧紧将我们包裹住：“人就是贪心的动物，有了一些就想要更多，我明明知道求不得，却无论如何也舍不得。”

1.3

我总认为人生就像一片大海，波涛汹涌的浪花，明明看起来凶险，人们却还是想要拥抱它，想要潜进深海之处探寻其中深邃的秘密，这深海之中兴许有引人入胜的美景，兴许有同样不畏艰险想一探究竟的人，那些艰险不能阻止你与爱的人相遇，也同样不能阻止危险将你伤得遍体鳞伤，又或许到头来你什么也不曾拥有，那里终究只是你路过的一片短暂风景。

我潜进海底是为了什么？

也许是为了与沢言相遇。在他之前我会害怕，会贪图沿途风景，会孤单，会畏惧。可他就这样向我走来，带着他的深情与温柔。让我看到他。

世界最美的风景不过就是我眼里的沢言。

世上最美的我，是他夜灯下静静凝望的眼眸中的那个我。

他眼里的我是我自己最喜欢的样子。

所以可不可以一直看着我，无论我们会遇到什么困难艰险。

我眼里的你最勇敢，我想你也是如此想。

1.4

那天的晚餐对我来说味同嚼蜡，向来精明的妈妈似乎察觉到了什么，大概女人的直觉在特定的时候总是很准，何况是养育你的最亲的人呢?

我舀了一些汤放在饭里，无意识地拨动着，妈妈在对面伸出筷子敲了敲我的碗沿。

“你是不是有心事？”

我扯扯嘴看她：“没有，没什么胃口。”

妈妈收回手夹起一块我最喜欢的鱼肉放到我碗中：“有什么事和妈妈讲，你现在大了，也不像小时候黏我了，我从那么小的娃娃开始带，现在都这么大了，小时候你身体不好，你爸不在身边，我一个人带着你，怕你生病不敢让你出去玩，有时候看着你趴在阳台上看院子的小娃娃玩，我就难过，只怪妈妈没把你照顾好，也没办法，你小时候多黏我啊，高中都不怎么和我亲了。”

妈妈一边说一边微笑，眼里饱含的情绪清晰可见，让我看着只觉得心酸，我听到心里有个声音说：“妈妈，我还是很爱你的啊，一直一直都很爱你，即使我没有小时候那样像小尾巴般缠着你，可无论在哪里我都是最挂念你和爸爸。”

我觉得喉头哽咽，说出的话只变成短短的一句：“我还是很爱您的啊。”

妈妈默默低头吃饭，眼圈也红了，过了很久说：“倪可，不要做让我和你爸担心和伤心的事，你要听话。”

我看着妈妈，几乎就要脱口而出，妈妈，那个女孩子就是我。

有个深爱我的男孩子，他会在夜灯下买奶茶哄我开心，他腿受伤却会静静地和我在操场走了一圈又一圈，即使我已经走到拐角，他却也静静看着我不走，他会在每次我离开时静静打电话用他的方式和我说“再见”，只因觉得无法用说出口的告别送我而觉得自责，他会怕我晒到而自己坐在有阳光的窗边，他会因为身体不舒服却因为我担心他而回到学校，回到我身边，他会心疼我冷，会心疼我等他，会因为我抚摩他打针的手而心疼，偷偷在车后吻我，会在我生理痛时跑很远帮我热敷，整夜整夜不睡陪我，怕寒冷的夜晚我起床感冒为我穿衣服，把我手捂胸口，那个偷偷吻我装睡的沢言，那个害怕我生气写字条的沢言，那个想在小桥上在我手心写我爱你的沢言，许许多多我忘掉的，记不下来的小事，回忆。

那么多的沢言，都是深爱我的沢言，我会遇到许多人吧，比他差的，比他更优秀的，但是没有人能像他这样疼惜我了，这些我与沢言创造的回忆，世上再没有第二个人如此了。所以妈妈你可以接受他吗？你和爸爸可以接受他吗？求求你们接受他吧，他那么好那么好，好到我无论怎么做也给不了相同的那么多好。

我那么喜欢他。

他那么那么努力，我们这样努力，只为有天能够牵手走到您面前。

他只是不能说话。

只是不能说话，可这不重要啊。

贰

2.1

看着窗外从零星闪烁到露出第一缕晨光，那是我第一次体会到黑夜转变为白昼原来是那么悠长的过程。兴许那只是我们平日里的弹指一挥间，而此刻于我来说却是折磨。

清晨我给沢言发去短信："什么时候去看阿姨？"

几乎第一时间他就回复了："就今天？"

"你怎么醒这么早，还是没睡？"

"没睡。"

"为什么？"

他不再回复我。我擦擦眼角的泪心里想大概他同我一样。

我在想你，想得无法安眠。

难得的早起，我特地把自己整理打扮了一下，毫无见家长经验的我，只能试图打开电脑寻求方法，该送点什么好呢？

应该怎么做呢？

看着琳琅满目的答案，我无从抉择，只好坐着想了会儿，之后决定还是写封信给阿姨。

也许比起那些礼物，写下来的东西更踏实温暖吧。我想告诉阿姨谢谢她生下了沢言，把他照顾得这么好、这么优秀，因为沢言的存在让我感到自己很幸运和幸福，我知道这条路其实很难，但我会努力，努力像阿姨给沢言那么多的爱那样爱着他，也会让我家人像我爱沢言那样接纳他。

下楼的时候，沢言依旧在那个属于我俩的秘密基地等着我，白色短 polo 衫，牛仔裤的边角卷起来露出他的脚踝，脚上穿着那双我陪他买的藏蓝色球鞋。

一扭头，逆光站着，让人看得恍惚，我眯着眼感觉像是回到了我们第一次见面，影影绰绰的大树下，他将军训时的迷彩帽插在肩章带里，一边仰头喝水，一边看着远处打闹的同学嘴角轻扬。那个时候他很少笑，是我唯一一次看到。

我总觉得沢言就像会发光。

让人想要靠近却又不敢靠近。

他走过来牵我的手，比任何时候都紧。我们坐上计程车，我向来不太识路，只觉得路程相当遥远，我摇下车窗，风轻轻柔柔地迎面吹来，我闭上眼感受这片刻的宁静，不知为什么就突然想到我们第一次接吻。那个凌晨的午夜，我坐在车厢后感觉能听到他激烈的心跳声，他暖暖的呼吸贴在我耳边，让我脸颊发烫。

我禁不住睁眼回头看他，他低敛着眸子，长长的睫毛圈出一段幽幽的剪影，和他那晚吻我时无异。

他抬起头看我，有些疑惑地凑过来，我歪了歪身子顺势靠到他肩上，轻轻握住他的手。

我心里想着，再久一点吧。

即使这也许是偷来的时间，但请再让我们这样毫无束缚地待在一起久一点吧。

2.2

他按响门铃，我忍不住拽紧他的手，他扬起嘴角回头朝我笑，乌黑的眸子熠熠生辉，似乎觉得不够还凑过来吻了吻我额头，示意我放松。不知道从什么时候起，他会试着做一些这般亲近的小动作，看似很普通平常，却比任何时候都让我心安。

他总是这样懂得如何安慰我。

门铃响过一阵后，房门很快被打开，里面站着一位看起来相当温和的阿姨。

原来沢言长得像妈妈。

他们都有浅浅的酒窝，迷人的眼睛，笑起来非常温暖。

我弯起嘴角向阿姨问好，她淡淡点头领我们进屋。有些疏离，我安慰自己，大概是第一次见面，所以才会这样吧。

阿姨一路领着我们坐下，又去厨房拿了一大盆樱桃过来，我忍不住瞪着眼睛赞叹了一句，阿姨眯着眼睛笑开了，眼角蹙起浅浅的纹路，十分和蔼："昨天沢言说你喜欢吃就买了，你尝尝甜不甜？"

"谢谢。"我抿着嘴挺不好意思，心想沢言指不定私下和阿姨说了我不少笑料百出的事儿，这么一想我就蔫了，耷拉着脑袋一边转头看他，一边还不忘往嘴里塞樱桃。他坐在一边手支着下巴，一副被我逗乐的模样，和我眼神对视，嘴角就扬得更高了。

沢言挥动起手指朝向阿姨，我不懂只能愣愣地看着，试图揣测，他看我一副呆头呆脑的样子，停下来伸手揉我的头，我有些害羞地撇头避开他伸来的手，阿姨靠进沙发里不说话，神情变得冷淡。

我有些慌乱地开始擦手，红着脸，结结巴巴地自我介绍，原本准备好的话也愣是一句也想不起来，到头来也不知道自己说了什么，只能在一边干笑。

"你和沢言在一起多久了？够了解他吗？"阿姨平缓地放下刚记好我号码的手机，问话的语气趋于平淡。

我的心一下子窒息了，阿姨眼中的表情说明了一切。我的手不由得哆嗦了一下，即使攥紧了，也无法冷静下来。

她再次移开视线，神情淡漠地望向窗外："沢言不能说话你知道的吧，我们家只有他一个独生子，当心肝疼，我们希望以后和他在一起的人是真心对他好。"

沢言蓦地起身，我有些僵硬地望向他，他脸色苍白，往日总含着笑的嘴角变成掩饰不住的无措，他动了动嘴唇，却始终说不出一句话。他只能咬着唇眼角发红地朝阿姨比画，我觉得眼眶也有点酸疼，刺得我不敢眨眼，我只能轻轻伸手拽住他衣袖，沢言回头看我，湿润的双眸让我心疼。

"没关系，你别激动，好好和阿姨说，我等你，你别着急。我哪儿也不会去，我就在这里。"

他停下来不再比画，屋子里变得静悄悄的，只有空调发出单调的嗡嗡声。

阿姨沉默良久，终于点点头："倪可，不是阿姨和你拿乔，我尊重沢言的所有选择，只要他喜欢我没太多意见，可我希望对方是真心真意为他着想，不贪图别的。"她顿了顿，有些涩然的语气："曾经和他在一起的宋知韵你知道吗？"

我想到之前那个曾来看望过沢言的漂亮姑娘，他曾为她躲在黑漆漆的楼道里默默掉泪，那个时候我还安慰他说人的心太小，不能放得太多，也许很多时候并不是你不够好，而是那个人的心已经塞得太满，放不下了。

我从没想过有一天那个姑娘会再被提起。

我还记得她抬头看沢言时的样子，看起来冷冰冰而幽深的眸子里却藏着眷念。

阿姨起身走到沢言面前，他们的影子落在我身边，挡住了阳光，我看到阿姨摇头盯着他的眼睛："如果你想和倪可在一起，她就必须承担这些，你们都太年轻，不是口头承诺就能一辈子。"

她踱步过来在我的身前垂下眼帘，嘶哑而低沉地吐露："知韵她之前和沢言在一起时也对我说是真心，可是结果呢？她所谓的真爱原来是堆砌在无数物质之上的。对，这的确是一个物欲横流的社会，没有金钱你无法支撑你的生活，可是如果把人之间最本善的情感建立在物质满足上，你觉得可信吗？沢言什么都好，唯一的不好是不能说话，可就因为……这一点点的不好，掩盖掉了他……所有的好，他从没抱怨过，依旧努力地像正常人一样活着，阿姨老了，不求别的，我只盼着……有个真心对他的人，陪着他。我的孩子，他……太可怜了。"

说到最后阿姨抬手遮住了眼睛，我看不清她的表情，眼泪顺着她的指尖落下，浸湿了她的衣裳，我只能俯身轻轻握住她的手，也不知是说给她听还是说给自己听："阿姨，我知道沢言受了很多苦，可是虽然这样我却很感谢您生下了他，因为您他才这样努力，我才能遇到他，您这样说是低估了沢言，还是觉得因为不能说话所以找不到真心待他的人呢？我觉得沢言什么都强，强到我完全忘记他不能说话。他在我心里一直就是个正常人，只是话少，沢言说不说都不重要，语言有那么绝对吗？我觉得没关系，他不能说没关系，我跟他说一辈子。”

阿姨双手掩着脸肩膀颤抖，我弯下身子拥住她，耳边是她苦涩而压抑的呜咽，我只能无意识地抚摩她颤抖的脊背。沢言流着泪蹲下身抱住我们，力道大得指尖泛白。

我能做的很少，能改变的很少。

我唯一能给他的就是肯定与相信。

即使前方会有许多荆棘，可我还是想试着和他一起披荆斩棘。也许我们正走在一条光照不到的路上，可是总会有看到光的那天。

离开的夜晚，我偷偷在门前把信给阿姨，我握着她的手，轻轻地说：“第一次来您这里什么都没带，很失礼，但是这个是我很用心写的，您有空就看看。”

阿姨握着信点头。

沢言拥着我，同她告别，静静走到院子里。

他一只手慢动作般抬起，碰到我脸颊，我仰着头看他，他凑过来吻了吻我，然后动手打了几个字递过来：“委屈你了。”

我看着他，他像是下一刻就要哭出来，但却还是对我笑着，我低下头嘟嘟囔囔地：“如果你不一直坚持才是真正委屈了我。”

无风的夜晚，万籁俱寂。他伸过手拥抱我，嘴唇靠着我的耳边，我听到他的呼吸声，我朝他伸手，想摸摸他的脸，而就在那一刻，我听到了他的声音。细弱，模糊，却无比真实。

他说："好。"

叁

3.1

两天后的晚上，我意外地接到阿姨的电话。

对面沉默了许久，慢慢传来低低的哭声。

仿佛是把这么多年来所遭受的全都撕心裂肺地发泄出来。

我不懂得该如何安慰这个受伤的母亲，就像我始终无法体会和分担沢言妈妈这些年所承受的苦与独自一人时的煎熬。

也许她在许许多多日夜里，孤单一人无数次偷偷抹泪，可看到沢言时依然会把他抱在怀里面带着笑容哄他；也许她遭受过无数轻视诋毁，可在她心里沢言永远是那个最乖巧勇敢的孩子，钱财、寿命、权力，都无法换取她的宝贝。

“我知道的。”我只能捧着电话喃喃地回答。

阿姨，我知道您的辛苦，正如同我知道妈妈养育我的艰辛。阿姨我知道您的委屈，正如同我知道妈妈生怕我受丁点责难，我知道我知道的，我都知道。

正如同我现在不知道该用什么言语安慰您，所有的字句此刻都变得苍白无力。

正如同胆小的我，不敢告诉父母我有多想和沢言在一起。

现实太残酷了，而现实中有太多去打扰讥讽别人小小幸福的人。

太难了，以致我们会害怕，却不得不面对，我们站在阳光照不到的角落，可是我们总相信会有光照到这里，兴许它需要很长时间。

可是我们相信。

也不知道过了多久，久到手机发烫，阿姨哑着嗓子低低地说："你受委屈了。我知道的，即使我是沢言的母亲，可我还是知道无论他多优秀，我们把他带得多光鲜亮丽，可他小小的缺陷总会把他的好全部掩盖掉，他的努力，没有人看到，没有人。"

阿姨带着沉厚而恳切的声音："我都知道，其实是我家沢言……配不上你，这是……这是事实，你跟着他……委屈了你。可我是真的怕了，我害怕……还会有像那样的第二个、第三个再来伤害我的孩子。每次想一想，我都恨……恨自己没有照顾好我的……孩子，让他一直背负那么多的委屈。你不一样，你是那个唯一让阿姨心疼的人，你答应……阿姨，和沢言好好的，我知道……这样说很自私，可不管怎么样，阿姨是你们的避风港，再苦再累阿姨都帮你们挡着，你们好好的。阿姨，只求你们好好地在一起。”

“好。”我轻声回应。

我心里想着，阿姨，您是我们的避风港，可等我们再努力长大一点，我们也会成为您的避风港，沢言也会成为我爸妈能愿意托付依靠的人，我只盼着，爸爸能在我成为新娘的时候，笑着把我的手交到新郎的手心，妈妈能在一旁开心地笑。

那个新郎不是别人，正是努力的，您的儿子，刘沢言。

在那之后的几年里，每当同阿姨聊天时，她常常会说如果可以换，她愿意用生命、钱财，所有她拥有的东西换沢言的健康，大概这是所有母亲的想法，什么都不是那么重要的，有什么比自己的儿女好好的更宝贵呢？

有时我也会想，如果可以换，我希望用沢言对我所有的爱、好，换取他的健康，我们可以在这亿万人中擦身而过，我们可以不曾在彼此眼里看到对方，可沢言能够健康快乐，不会遭受冷遇、讥讽、病痛、不公。

我想到在一个周末，我和妈妈出门，下楼经过院子时，有一位推着婴儿车的奶奶和一位妇女在吵架，我听到那个女人尖酸刻薄地骂道：“一定是你做了坏事才有个弱智的孙子。”

听到的时候我只觉得人心是最可怕的东西，一旦腐坏就没有治愈的可能，一些人的缺陷你看得到，而一些人的“缺陷”却是连他们自己都看不到。

之后那个女人骂骂咧咧地走了，老奶奶依然推着车在院子里，不时低头逗车里的小婴儿，奶奶还是笑着的，可我知道她心里一定很难过。我转头看身旁的妈妈，她眼睛通红。那时妈妈已经知道我和沢言在一起了。

我听到她的哽咽："可可你要听话，妈妈一切都是为了你，我不希望你受委屈。"

我想要辩驳，可我知道此刻我无从开口。我无法再去伤害这个疼爱我且日渐年迈的母亲。

若是父母的祝福是求不得，那沢言便是我的舍不得。

肆

4.1

我一直认为习惯是一件美好又可怕的事。

它有时会让你肆无忌惮地去依赖，有时又会在你有恃无恐时没收一切。

当我临近毕业时，人去楼空的寝室只剩下未收拾的凌乱行李与被遗弃的书籍。

那天原本与姿雁约好一起吃顿散伙饭的，最后却因为姿雁要送别罗琦而搁置了。

我独自一人走向食堂，空气里四处弥漫着离别又惆怅的气息，种种这些让我口中寡淡无味，让我心情低落。

我来到和沢言常去的面馆，看着菜单发愣，忙得满头大汗的老板操着浓重的家乡口音问："买什么？"

我笑着指指菜单："就这个面吧。"说完下意识地问，"沢言你要什么？”

直到说完才发现他不在身边。我只能尴尬地对老板说一碗就好。

其实我不太喜欢一个人去人多的地方，一大群人涌来会让我感觉很不自在。

我坐在一边的等候区发呆，看到有一桌正坐着食堂阿姨和她的女儿，我起身坐在她们旁边的位置。我看到阿姨在教小女儿写作业，说了好几遍，很有耐心，小时候妈妈教我几遍就会很凶，真羡慕这个小女孩，我心想以后如果生了宝宝教他的时候自己不耐烦了，希望沢言会坐在旁边摸他的头，然后让我耐心一点。

想到这，我的心就无法抑制地难过起来。

那个时候他离开了我很长一段时间，我不知道他好不好，什么时候会回来。我只是发疯般地想他。

我揉揉眼睛突然觉得疲惫：“一个人吃饭还是不习惯啊。”我只能这样低声呢喃。

这种苦闷的滋味让我想起了曾经的那段日子。

那个时候我还没有和沢言在一起，宿舍里几个室友恋爱后接连搬了出去，最后只剩下我和姿雁，姿雁那会儿忙着还黎扬的钱，于是整日整日地兼职打工，几乎到我要睡了的时候才能跟她碰面。很多时候空荡荡的宿舍只留我一人。

有一天我去打水洗衣服，可能是盆里的水溅到地上，我没察觉，于是转身的时候狠狠地摔了下去。那会儿我几乎痛得麻木，一直躺在地上，待了很久。等不再那么疼了，我扶着墙慢慢站起来，不知道为什么那个时候我觉得特别委屈，可能我本就是一个不习惯孤单的人，我走到桌前打电话给爸爸，接通的那刻却哽咽得无法说出话来，爸爸问："你怎么了？"

我不敢开口，害怕开口就会哭出声，此刻我完全无法理解自己崩溃的情绪与矫情。

"你一个人吗？"爸爸有些担心地问我。

"嗯"。

电话那头爸爸温柔地哄着我："人生本来就是孤独的旅程，要耐得住寂寞，经得住磨炼，你可以把旅程变成你想要的样子，但是你也可能会毁掉它原本该有的样子，这取决你想做什么样的人。"

后来很多时候只要觉得累，坚持不住时，我就会想想爸爸的话，我希望我能变成自己喜欢的样子，我想在阳光照不到的时候我依然不会灰心放弃，我依然能够努力追寻一束光。我希望自己变成很好的人，我希望自己是个懂得感恩的人，于同事，于朋友，于师长，于父母。

还有一直守着我的沢言。

兴许沢言也在我们看不到的地方摔过许多次跤，却自己默默爬起来，他不会因为委屈而打电话给父母。兴许他也在我们看不到的地方曾遍体鳞伤，却自己轻轻上药，他不会因为疼痛而向他人倾诉。他也会有孤单的时候，说不定是我们的双倍，他也有灰心的时候，比我们更甚，但他咬咬牙走过来了。

我在最美好的年纪遇到沢言。

我看到的沢言是他最好的样子，那个许许多多不好的他被沢言自己静静藏在了身体里。

希望即使时光如梭，我们依然忘不了彼此最美的样子。

伍

5.1

原本和沢言约好大四一起去西城实习，因为他的身体状况而搁置。我只能独自背着行囊去那个未知的城市。

去西城的前一晚他来看我。

我走过那条我们曾无数次经过的长长小道，许多往事像走马灯般涌上心头，他坐在夜灯旁的木凳上隔着一段距离静静看我，我走过去拈下落在他肩上的一片枯叶。他有些冻得发红的侧脸，在昏暗的灯光下越发显得棱角分明，甚至带着一丝尖锐。

我蹲下来握住他的手："不要不开心，我很快就会回来，很快就能见面的。不要来送我，等我回来。好好照顾自己，按时吃饭吃药。"

他垂着头避开我的视线只是沉默，像是又变成了当初刚认识他时小刺猬的样子，我不知道说什么才能安慰他，短短几年我们没有分开过很长时间，而是尽可能在一起，因为很多时候我们清醒地认识到能够无忧无虑相守的时间，也许会越来越少。

有时我们可以一下午坐在沙发上各自看专业书，却不会觉得无聊。我们可以靠着对方什么也不说静静坐很长时间，偶尔看看对方的眼睛也不会觉得尴尬，不会觉得难为情。我们可以一起看电影，看到开心时，沢言会咧开嘴笑。看到伤心时，他会给我擦掉眼泪。

饿了的时候，他会做饭，我不喜欢吃青菜，他会盛饭的时候把菜塞在饭下面。从不会让我洗碗，因为嫌我每次洗洁精放太多。其实是觉得我会伤到手。会每晚把洗好的衣服在阳台上晾好。会因为我随口说了一句有件衣服不能机洗，结果在我穿了那件衣服后，偷偷手洗。会在剥荔枝的时候，打字告诉我："谢谢你一直在我身边。"

许多许多，这样的沢言，又缩回了壳里。

我靠着他的膝盖，不让他看到我此刻的表情，"你要勇敢一点，人生这么长，我们总有分开的时候，你要变得坚强，变得更努力，这样我们才能有勇气走到爸爸妈妈面前。你就当这是一个考验，我们咬咬牙，就能过去的，这是很小的事，没有关系，沢言答应我好不好？你要更勇敢。坚持，再坚持一下。"

他俯下身抱我，像个撒娇的孩子，我毫无防备忍不住抬头看他，他的眼睛还是那样的温柔和迷人，他发亮的瞳仁里映着流泪的我。

5.2

第二天早上家人早早地将我送到了机场。

沢言远远地站在机场入口，他在看着我，那双清澈见底的眼睛，正直直地看着我，我停住，我犹豫，我多想走过去，我多想拥抱他。

在你们生活的这么多年里，最让你们无法忘怀的心情是哪一刻？兴许有人会问。

最让我无法忘怀的一刻是，爱的人在面前，我却只能装作陌生人与他擦肩而过，我那么想回头看看他，可是不可以。

当时我告诉自己不能忘记那种心情，我一定要努力，加倍努力，我再也不想遭遇当喜爱的人在面前，却无法与他相认的情景，我想要无论到哪里我都可以骄傲地牵他的手。

我忍着鼻酸办好手续，和爸妈坐在机场里，沢言隔着两排的距离与我对望，阳光照在他身上，他的面目变得模糊不清。

“你在看什么？”妈妈握着我的手问。

“没有。”我低声。

“眼睛怎么红了？”

我磨蹭着低下头，双手捂住眼睛："因为阳光太刺眼了。"

"傻孩子。"妈妈轻轻抚摩我的背脊。

我把自己藏在妈妈的臂弯里，我不敢再看远处那双温柔的眼睛。

我多么想叫叫他的名字，对他笑一笑，我多么想安慰比我更难受的他，可是不可以。

他也知道不可以，所以他只能隔着那不长不远的距离静静一个人，坐在那里。

爸爸妈妈在耳边叮嘱我好好照顾自己，实际上那是我第一次离家，他们终究不放心，他们的小女儿长大了，会工作，会成家，会生下小宝宝，可在他们眼里这个小女儿即使年龄变了，容颜变了，依旧是他们眼里长不大的小女儿。妈妈紧紧握住我的手心，她靠在我肩上，眼泪顺着我衣领流进我的脖颈，炙热得烫人，我说不出话来，我只能像个傻子一样紧紧拽住妈妈的手。

爸爸伸手拍妈妈的肩膀："孩子长大了就是该出去闯，不该做温室的花。"

"可我舍不得可可啊，她长这么大还没离开过我，她出去会不会生病，会不会吃不饱，会不会受人欺负？我怕，这些我都害怕。"妈妈终于控制不住捂住脸，她的眼泪慢慢滑下来，砸进我的心里。

爸爸叹了口气，声音也低沉下来："可是她已经长大了，我们要放手了，不能再舍不得了。”

虽然爸爸这样说，可我知道的，爸爸也很舍不得我，不然，他不会起那么早，只因为想看看我行李箱里的东西有没有带够。我到了西城后打开书包发现了他偷偷放的7000块。

其实我真的是很幸福的人呢，有着爱我的爸爸妈妈，有着爱我的沢言，有着心地善良的阿姨，所以遇到的那些困难伤心仿佛就变得没那么委屈了，爸爸说过人生是场孤独的旅行，要耐得住寂寞，经得起考验，当我走着的时候，路途蜿蜒，却发现他们其实一直在身边。

他们如此疼惜我。

陆

6.1

记忆中西城实习的日子忙碌却充实。

为了避免员工工作时上网通信，公司出台了严厉的规章制度，对于实习生更是严苛，工作时我们无法接触到手机，统一按照规定锁在员工箱里。

一天中午休息时，我发现手机有几通陌生本地号码的来电，我误以为是骚扰电话，删除后没再放在心上。

到了下午下班时，我从公司走出来，远远就看到大门外站着个人，看到他的第一眼，眼泪就流下来了，我听心里有一个声音正撕心裂肺地呼喊：“我想你，原来我这样想你。”

那个傻瓜一样的沢言可怜兮兮、孤孤单单地站在那里，背着他特有的双肩包，手上还提着大包小包，眼睛一眨不眨地看着我。我走过去叫他的名字，他眉间透着满满的倦怠，眼神却透着兴奋的光芒。他咧开嘴伸手捏我的脸，他手冻得冰冷。我捂住他的手哈气，视线却被眼泪模糊得看不清他的脸。

我哽咽着问："冷不冷？"

他摇摇头微笑，凑过来，气息变得极近，偎在我耳边，我听到他细弱模糊的哼哼声，我知道他想说话，他想向我吐露他的心情，我仰着头看他："你怎么来了？为什么不打电话？"

他盯着我，眼里盛满柔情，我又一次在那双美丽的瞳仁里看到了自己，他轻轻抬手比画，我不太懂，我着急地掏出手机递给他，他伸手过来把大包小包递给我，是零散的水果和零食。

它们像是被遗弃过的样子，杂乱地被摆在塑料袋里。

我伸手紧紧攥住他的手臂，我不知道他是不是遇到什么事了，我担心得不得了，他不熟悉这里，他一个人那么远来找我，他为什么不打电话给我，哪怕是发短信给我也好。如果这是他为了给我惊喜，我无法接受，我开心不起来，我不敢想，不敢想如果出了什么差错，他会怎样，我要怎么办，我神经质般摇着他的手："你怎么了？这些东西怎么了？是不是出了什么事？"

他抓住我手心，低着头沉默地看我，那深邃的眼波叫人迷醉，过了好一会儿，等我冷静下来了，他试探地伸出手抚摩我的脸颊，将手机递过来："走得太急没带充电器，原本想给你个惊喜。我想着路程应该很短的，可是快到这里时手机已经没电了，我找不到能充电的地方，你们这里太偏僻了，我走了很久也没找到电话亭，我想不出法子，原本想要去买个充电器的，可是我怕错过你，我没办法，我只好借别人手机打给你。”

我垂着头，跟霜打的茄子一般蔫着，我只能盯着地面，只能摇头：“你借到了吗？你是不是打了好几通过来？”我说不下去，我攥紧双手，风吹得我撕心裂肺地痛，我的脑子像被糊上了一大堆糨糊，我无法原谅自己的疏忽，我想当然地删除了自认为是骚扰号码的电话，我绝不会明白那是沢言多少次比画才换来的一次机会。

我听到手机按键敲击的声音，他纤长的手指还在我的眼前跳动：“我可以比画，虽然很多人看我比画很警惕。大概看到我很年轻又是男的，害怕遇到劫匪吧，所以不敢把手机借我，可我还是碰到了一些好心人的。我觉得给他们钱感谢不合适，我就让他们拿点我买的吃的，也算是我的一点心意吧。有些人接受了，有些人走了一段路把东西丢掉了，唉，怪可惜的，东西其实都蛮新鲜的。呵呵，我是不是很聪明？”

我不知道如何回答，此时此刻喉咙就像被狠狠割了一刀，咽下去的是涩涩的苦，隐隐的疼。

沢言伸手抱着我，低头吻我的发心，他的拥抱掩盖住了我的所有狼狈与崩溃，他沉得像黑夜的眸子只是温柔地看着我，好像告诉我，没关系，一切都过去了，我在你身边。我感受不到外面的喧嚣，唯独只有他将我紧紧包裹住。

6.2

我带着舟车劳顿的沢言到了我们平日实习生住的三人间。

原本我想着把实习室友们叫出来一起吃晚餐，沢言却不肯，想要显显自己手艺非得去买菜自己做，我看着他开心的样子只好妥协，顺从他的意思打电话给室友告诉她们回来吃饭。

我和沢言买好菜往住的地方走，进了屋子，小爱和北北都出来迎接他，他有些不太好意思地笑，小爱靠着门边调侃："你男朋友好害羞啊，都不说话。"

我和沢言同时有些不自在地顿了顿。我想要开口解释，沢言却在那个时候拉住了我的手臂，我转头看他，他只是朝我做了个电话的手势，我从口袋里把手机递给他。

小爱和北北表情疑惑，一副无法理解我们的样子。沢言似乎毫不在意坦坦荡荡地开始打字，我想凑过去看看他在说什么，他却使劲用手臂挡住，匆匆递给她们俩。

小爱瞟了一眼屏幕，有些惊讶地抬头直直地看向他："你是哑巴？"

我脸色沉了下去，锁着眉，北北站出来尴尬地打起圆场：

“她没别的意思，冒犯到你的话很不好意思。”

小爱把手机递给我摇摇头嘟囔道：“可惜了。”

我盯着手机说不出话来，只见上面写道：“我是她哥哥，我叫刘沢言，她妈妈不放心让我来看看，她和你们开玩笑呢，我不是她男朋友，还有，我说不了话。”

一股无名火从我胸腔刹那涌起，我转头死死瞪着沢言，眼神冷酷，我觉得浑身冰冷，我觉得愤怒，为什么这样说？我无法理解他的说辞！

他瞥了我一眼，却只是笑着拍拍我的头，什么解释也没有。他在敷衍我。

北北走过来提起我们的袋子笑着说：“来做客还麻烦你买这么多菜，我带你去厨房，看看有什么能帮你忙的吧。”

沢言跟着她进了厨房。

小爱依旧站在一边打量着沢言，眼神意味深长，我反感极了，她的举动那样直白，连一丝隐藏都没有，我咬着嘴唇问：“你在看什么？”

小爱抚了抚垂在耳边的发淡淡地说：“没什么，我先回房间了。”

晚餐时，北北不断寻求着话题，试图打破尴尬的气氛。

北北是我们实习生中出了名的开心果，性子温顺，却不失活泼，一直很受欢迎。沢言笑着看她，虽然不能给她言语反应，但交流起来还算顺畅。

小爱低着头闷不吭声地吃饭，我也只是无味地捣着饭碗。

屋子外头淅淅沥沥地下起了雨，雨水砸在窗上啪啪作响，听得人心烦意乱。明明是暖气充足的房间，我却觉得浑身像是湿透般寒冷。

晚饭后沢言起身准备离开，北北拦住他将泡好的热茶递过去："太晚了，干脆在这里将就一晚吧。可可可以和我挤挤，你睡她房间就好啦。"北北转过头看我："可可你觉得呢？"

我点点头，眼睛看向小爱，小爱端着茶杯起身耸耸肩道："无所谓，我先回房间了。"

沢言有些为难地挠头，把手机递过来："我还是出去订房间比较好。"

北北站在一边眯着眼笑："没事啊，不麻烦。你还做了一大桌喂饱我们，就当是感谢你的晚餐啦，留下来吧。"

沢言眼带询问地看我。

"留下来吧。"我说。

沢言想了想指着沙发，我明白他是想说他睡沙发。我看着他坚定的样子也就顺从了他的意思。

北北笑嘻嘻地让他在客厅坐着休息，还不忘搂着我进到厨房一起洗碗。

沉默的厨房里只剩水与玻璃碰撞的声音，过了很久北北开口说："你们是情侣吧？"

我抬起头望向她扯了扯嘴角算是回应。

“我看也是，你们看对方的眼神不一样，只有情侣才会那个样子，人的话语会骗人，可眼睛不会。”

我盯着厨房的玻璃门沉默，只是静静地刷碗。门上隐隐显出沢言的身影，他坐着在咬指甲，那是他在紧张时才会做的动作。我垂下眼，四周又陷入了沉默。北北不再说话，可我听到她轻轻叹了一口气。

兴许有惋惜、遗憾。还有的是，我的心寒。

我知道北北在想什么，也知道小爱在想什么。

她们的话语、表情、眼神，太多太多似曾相识。

我忘不了念书时同系的同学说沢言如何如何好，可惜是个哑巴。那时候的我是怎样的心情呢？我多想推开门告诉他们，请你们不要这样说他，他明明这么努力啊。

我忘不了当年那个荒唐的夏日，宋毅与他的朋友的冷言冷语。

那年午后楼道里的情景现在想起来还历历在目。

宋毅趴在自行车上远远地看着我，他有些倦怠地揉着眉间，满脸的不耐烦。他的朋友抽着烟眼睛睨着我，满腔的疑惑：“倪可，你条件不差啊，你是有多愁找不到喜欢的人，要去喜欢一个不能说话的？这么糟蹋自个儿？宋毅对你怎样你心里明白，你这么对他说不过去吧？倪可，你听我一句，现在还有回头路，只要你应一声，跟那刘沢言断了，宋毅还会像从前一样待你。”

我冷眼看着他们一张一合的嘴里蹦出恶毒的词语，忍不住笑出声来，他们像看疯子一般看着我。

那么多的人，多到没有我们可以藏身的地方，我们要求不多，我们不争不抢，我们这样默默努力，沢言这样努力，你们都看不到吗？不能给我们一块没有繁杂纷扰的小角落吗？在这个应该平等的小小世界不能给我们一个可以落脚栖身的地方吗？

为什么你们看不到这么好这么好的他呢？

即使看不到，你们可不可以不要这样伤害他。

他明明这样好。

6.3

我站在沙发前帮沢言铺被子，他局促地站在一旁，想要伸手帮忙，却又无从做起，只好一直跟着我，时不时转头看看我的表情，我沉默，不知道该说些什么才能打破僵局。

小爱出来喝水时看了我们一眼问："你哥哥什么时候走？"

"明天上午。"

"哦。"她转身进了房间，我听到她房门上锁的声音。

"好了，就这样先将就一晚上吧，今天你也累了吧，好好休息。"我故作轻松地转头，他还盯着我似乎没有要睡下的意思，我拉住他的手臂，他有些不情愿地磨蹭着坐下，我看到他嘴唇微微张开，我俯下身以为他想说什么，刚刚凑近，却被他飞快地吻了下脸颊，我反应过来再看他时，他已经躺下了。

我静静关上灯独自走回房间，躺在床上不知道为什么突然想流泪，我想到了沢言，我这样心疼沢言。那个隔着房间躺在沙发上的沢言，那个只身一人风尘仆仆来看望我的沢言。

我翻来覆去始终无法入眠，我脑子乱糟糟的，今天比任何时候都要焦躁，这种焦躁像是一张大网紧紧缠住我，让我无处可逃。

我再也忍受不了，我起身偷偷赤脚往客厅里走，已经很晚了，屋子里静悄悄的，微弱的光从客厅的窗口照进来，我走到沙发边蹲下，沢言睁开了眼睛，他沉默地看着我，我靠近他，他伸出有些凉意的手抚摩我的耳朵，我听到他叹了口气。我贴着他的手悄声问："你为什么要撒谎？"

他闭上眼，伸出一根指头沿着我的额头、我的眼，慢慢勾勒，我不愿放弃："你为什么要撒谎？"

他终于再次睁开眼看我，发亮的眸子在黑夜荡漾着柔情的波光，又隐隐似乎沉着就要掉落的泪花，他拽着我的手，在手心里写字，写得很慢，一字一句，却如刀刻，难怪古人总说十指连心，我只觉心疼如刀绞，他在写："我不想让别人看不起你。"

我靠过去把头窝进他的臂弯里，沢言轻轻拍我的背，过了很久我才发现，原来自己在呜咽，轻轻的、小小的，我听到自己断断续续在叨唠着：“沢言，我从来怕的不是……看不起，喜欢你，才是我做的……最骄傲的事啊，你不懂吗？”

你不懂吗？

沢言，你的存在，是最让我骄傲的，我从来不怕别人看不起。

我怕的是，别人看不到这样好的你。

第二天清晨他早早收拾好同我们告别，我无法送他，我还有工作，我只能和北北匆匆和他说再见。

那是沢言唯一一次，在我离开他之后没有打电话过来。

我想大概是因为有人陪伴，他觉得我不会孤单。

柒

7.1

在外实习的日子就这样不紧不慢地更替着。

临近国庆时，我正为能够收拾行李回家而忙得热火朝天，而就在回程的前一晚，凌晨时詹蕾打来电话。

电话里她号啕大哭，我捧着手机着急得像热锅上的蚂蚁，从小到大她都很坚强，我很少看她情绪像现在这样。

我心慌地问："你怎么了，詹蕾，冷静下来，慢慢告诉我你怎么了？"

"我想见你，我想见你。"她只是哑着嗓子在电话里一遍遍重复。

我轻声安慰她，几乎是用哄的："我明天就回来了，你怎么了，我在呢，你别挂电话，冷静下来，慢慢告诉我，我陪着你，我会陪着你的好不好？"

她依旧呜咽，情绪波动得厉害，我不敢挂断电话，我害怕她做傻事，我不知道她到底遭遇了什么，我不敢想，无数个可怕的猜测让我觉得心慌与恐惧，我只能柔声哄她一整夜，听着她慢慢不再急促的呼吸声才稍微放下心。

天亮了，我握着滚烫的话筒说："你等我，我很快就回来找你，你好好休息。"

回程放下行李后，我马不停蹄地赶去找她。

推开酒店房门时我吓了一跳，她眼睛哭得通红，一看到我哭得越发厉害，我鼻头溢满酸楚，只能紧紧抱着她，"别怕，我在呢。"

她颤抖着去拿包，把包里的东西全都掏出来，有很多看起来是上课的小纸条，有些甚至称得上是破旧。

那是她和黎辉的字条。

高中时就开始积攒的字条。

黎辉一直对詹蕾很好，在旁人看来是拿在心尖上疼的。

我想到有一次和詹蕾出去玩，黎辉来接我们，当时因为附近没有停车场，他就走很远的路过来找詹蕾，那个时候我和黎辉还不太熟，了解就更谈不上了。

经过面包店他问詹蕾："你明早吃什么？"

黎辉看着她的眼睛盛满了宠爱。詹蕾不甚在意地说："不知道。"

"那你要吃早餐的。你在这里等等我。"

他起身跑到面包店给她买了满满一大袋面包和点心，还十分心细地为我也打包了糕点，我很不好意思地说："下次请你吃冰棍。"

他爽朗地笑起来。

回去的路上黎辉问："你晚上还会出去吗？"

詹蕾回头看他："不知道。"

他伸手摸了摸她耳边被风吹起的头发："晚上出去 11 点前要回家，女孩子那么晚在外面不安全，打不到车给我打电话我来接你。"

詹蕾皱了皱鼻子眯着眼看他："好，管家婆婆。"

那个时候坐在后座的我觉得虽然是很小的事情，但是能够发现黎辉是一个有担当、真心喜欢詹蕾的人。

还有，在很久之前的一个晚上，黎辉开车送东西去詹蕾学校，在快到的时候因为刮擦出了事故，他怕东西送晚了会耽误詹蕾使用，就让对方留了号码，又独自开车把东西送到了校外的传达室，后来詹蕾才知道他怕她担心所以没露面，当时的黎辉脚被撕了个很大的口子，血流不止。

还有很多很多詹蕾曾含着泪却笑着向我诉说的过往。

我始终无法想象，这样爱詹蕾的黎辉怎么会突然离开。

她颤抖着几乎哭得快要昏厥过去，"我们分手了，他老家是东城的，他爸妈非让他回老家去，他骗我，骗我说会回来，他妈怕他和我有牵扯在那边给他买了房，他前几天还说会回来，不会去看房子，昨天就说分手。他怎么能这样骗我，这个王八蛋。他骗我，他骗我。”

我抱着詹蕾，好像言语一下都变得苍白徒劳了。

我靠着她看着那些纸条，手掩着嘴巴，眼眶涨得厉害：“人在爱的人面前撒谎，应该有两种，一种是太喜欢了所以才撒谎，因为想着能让她开心。还有一种是不喜欢了，所以找借口糊弄。比起这个，我更愿意相信他是太喜欢你了。你就想着他以前的好吧，别想着他的坏，那样的话不是把你们之前的所有都否定了吗？”

詹蕾紧紧拽着我，身子缩成一团，像只受伤的小动物。我心疼地想，为什么，有时候明明相互喜欢的人，要让对方那么伤心呢？对方伤心，自己难道不是双倍的伤心吗？会不会沢言有天也变成这样，或者我变成这样，我希望我们能一直惦念着对方的好，因为即使这辈子能够待在一起，都觉得在一起的时间不够啊。

哭累了的詹蕾蜷在我的怀里，脸上还有未干的泪痕。

我搂着她有些困倦地看着对面花白的墙壁发呆，她动了动身子睁开眼看我，醒后的她冷静了很多，我扯扯嘴角看着她笑：“人肉座垫睡得舒不舒服？”

她笑得极为难看地撇嘴，有泪珠从她眼角滑落。

她喃喃地说：“回家吧。”

“好，咱们回家。”

寒风刺骨的路上，我们相互紧紧搀扶，我想到我们小时候，那是读高中时，冬天回家的路上，天总是黑得很快，詹蕾总会在我们班走廊上等慢吞吞的我，她一直都比我高，可她喜欢主动挽着我，我似乎从很小的时候就是个缺乏安全感的人，她这样贴心的举动无疑给了我最大的安慰，她比我小，但却总是像个大姐姐一般照顾着我。

有一次我走出教室，冻得鼻尖通红的她回头看我，我心疼地走过去问她：“你怎么像个二愣子似的在这里傻等，要冻出毛病的。”

她笑起来，嘴里哈出白气，声音却悦耳得像铜铃，她伸出手挽住我：“我怕你不识路被拐跑啦，拐你的人铁定会做赔本买卖，我这不是为了大家好，才做出的牺牲嘛！”

她的笑容和话语似乎好像是昨天的故事。

再侧头看，我们却早已长大。

那个纯真无忧的年代我们再也回不去了，唯有紧紧挽住彼此的手行走。

詹蕾总说怕我走丢。

其实我也害怕有一天我身边再看不到她。

我握住她的手叫她的名字，她肿得如核桃般的眼睛眯着看我，我靠近她轻轻说：“有些事发生了，我们就要去接受，如果还能改变我们就去改变，不能改变我们就翻篇。人呢，不能一直活在过去，这样把过去的回忆都耗光了，你就只剩下恨意和不甘心，那样太可怕了。人不应该那样活着，会很累。别怕，我在呢。就像我需要你的时候你在一样，你需要我时我也一直在。回去洗个澡，好好睡一觉，别让阿姨叔叔担心。”

风吹乱了她的发，我看不清她的表情，但我看见她轻轻点头。

送过詹蕾后，我早就疲倦不堪，我靠着家门外扶梯打开紧锁的大门，正逢着妈妈拿着叠好的衣服经过客厅。她看到我板着脸道：“干什么去了你，回家还没说上话就跑出去。”

我走过去抱住妈妈，靠着她的肩撒娇：“有点事情，妈妈我好想你啊。”

妈妈带着几分嫌弃地瞅着我：“你是有事求我才想我吧。”

“哪有，我好不容易回来一次，在外面最想你和爸爸呢，还是家里好。”

妈妈似乎高兴了不少，撇撇嘴笑着摸摸我的脸说：“你不在家，我和你爸都不习惯了，听不到你的声音，周末吃饭都少了你，唉。”

妈妈说着眼眶就变得湿润起来。

我靠着妈妈呢喃：“妈妈我在努力长大啊，等我再长大一点，有能力了，我一定好好孝敬你，我也会多陪陪你，没有什么比你和爸爸重要，我会努力的。”

“你听话一点，不让我们操心就比什么都强了。”

“我很乖的啊。”

捌

8.1

晚上洗过澡我坐在床边和沢言发短信，说了很多，唯独没说到詹蕾的事，不知道为什么，那天的我突然是另一种心情，那种心情是无法言说的。

我很想问问他："你会不会一直在我身边呢？你会不会像那个男孩子一样，说会留下但是却走了呢？我这样喜欢你，要是能一直在一起就好了。你会不会也是和我一样的心情呢？我也会有害怕的时候，怕的不是你不再喜欢我了，怕的是你喜欢我却要离开我。"

接近午夜时，他突然发来短信问我："你现在在房间里吗？"

我躺在床上回复他："是啊。怎么了？"

过了一会儿，他又发来短信说："你到窗口来。"

我大吃一惊急急忙忙地走到窗子边，黑漆漆的院子里什么也没有，我这才意识到他在耍我。

我无奈地质问他："你在逗我吗？"

"哈哈，逗你玩儿呢。"

"你好无聊。我还以为你会像小说里一样站在楼下深情地看着我什么的。"

"你也知道那是小说啦。"

我回到床边裹着被子将桌边的灯打开，忍不住笑起来，总算不再那么闷闷不乐，今天一天都太过沉重，让我脑子混混沌沌，心中焦躁不安。

手机屏幕再次亮起，我低头去看。

"我实在是想见你想得不得了，不过一想到明天可以见面，就没那么难受了。"

"对啊，你做个梦就能看到我了。明天秘密基地见哦。"

"嗯。"

那夜我做了个梦，梦到那个炎热的夏天，我来不及躲开的视线，他有些愣愣地与我对视，可是这一次我看到他缓缓上扬的唇角，我听到了自己心跳的声音。兴许在那一刻他便解救了我。

8.2

第二天早晨无法颠倒的生物钟早早将我唤醒，屋子里还静悄悄的，怕冷的我将自己裹在厚厚的袄子里乘电梯下楼，刚出门却差点被吓破胆。

电梯口对面的安全通道里正坐着一个人，不是别人，正是沢言。我猜想到他会早到，可是我没想到他会这么早。

我将身体缩在袄子里慢慢走过去叫他，他抬着头看我，笑得开心极了，美丽的瞳仁里闪着兴奋的光。

他刚准备伸手抱我，又缩了回去，我奇怪地看着他，完全无法理解他当下的举动："怎么了？"

他掏出手机按了一会儿递过来："有摄像头。"

我这才意识到他在担心什么，我们家的电梯口和安全通道中央是有摄像头的，平时传达室是看得到的，我不知道沢言怎么想，只是觉得这个男孩子为了保护我，竟然如此细致，世界上不会有第二个了。

我叹了口气问："你几点来的，不是约好 8 点的吗？"

沢言站起来往外走，动了动指头做了个 7 字。

我闷闷地讲："你怎么都不听话，都说了不用每次都来这么早。"他似乎一点都不在意，一边往外走，还一边回头笑。

"你傻笑个什么劲？"我闷闷不乐地看他。

走到院子里的小道上，他过来牵我的手，一边打字："看到你开心啊。"

我苦笑一下垂头看地面："你别扯开话题，和你说过好多次，你别老让我担心。"

他停住脚步，过了一会儿，把手机递过来，我看着手机上的几行字心里溢上几分酸楚，“这么久不见了，你抱抱我吧。”

我觉得身体像灌了铅，动弹不得，我只能撇着嘴不争气地说：“等会儿给你抱个够啊。”

沢言扑哧一声笑起来。

“不要笑啊，你好烦啊。”

他只好强忍住笑意拽紧我的手往外走，快到大院门外时，我看到妈妈的同事，下意识地停了脚步，沢言疑惑地看我，我摇头：“碰到熟人了，没事，我们走吧。”

他却立马松开了我的手。失去他体温的手暴露在外，让我冻得有些微痛，我还来不及叫他，他已拉开同我的距离。我愣了一下，一路小跑想要跟上他，忍不住叫他的名字，他却走得更快。我这才明白过来他的意思，我只能僵硬而缓慢地跟在他身后。

我不明白为什么我们明明这么喜欢对方，却要这样躲躲藏藏，为什么我们明明走在有阳光的地方，却又有那么多人和事逼得我们不得不退到没有阳光的地方呢？

出了大门沿着街边小道，我们隔着一段距离走了许久，他终于停下来回头看我，我避开他的眼神望着远处的斑马线说：“你在害怕什么？你在害怕什么，刘沢言？”

他抿着嘴不知道在想什么，过了一会儿将手机递过来：“我不想别人看不起你，说你什么。”

我看着那串文字，莫名其妙地变得暴躁：“你总说怕别人看不起，害怕这个害怕那个，可是你有没有真正问过我，到底害不害怕，你不是见不得光的存在，你是我男朋友啊，你不应该更勇敢地牵着我的手吗？你这样到底是贴心还是让我灰心呢？”

他走近想要伸手拥抱我，我推开他微颤地抬头，他的眼圈早已经发红。

早晨的街边有很多人经过，偶尔有人回头看我们。我心里想，你瞧，沢言，其实在别人眼里我们是多么正常的一对情侣，他们可能觉得我们在闹别扭，你为什么就不能勇敢地拉拉我的手呢？你总想如何保护我，可是你为什么不能更勇敢一点，不管别人怎么看我们，我们都是再正常不过的情侣啊。我明明那么喜欢你，我多么想和你并肩而行，我多么想和别人骄傲地介绍你是我的男朋友。可不可以自私一点，偶尔也为自己想想呢？我知道会有受伤的时候，与其你把我保护得严严实实，我更宁愿是我受伤了，你能愿意蹲下身安慰我，为我擦拭伤口。

过了好一会儿，他小心翼翼地伸手拽我的衣袖，又试探着把手机递过来：“我们不要吵架好不好？”

我终于还是忍不住靠近他，把头埋在他心口上。

“沢言，我们回家吧。”

那天我们一起乘地铁，第一次没有牵手，他始终看着窗口外，没有回头，外头没有风景，我想，你在看什么，沢言？

玖

9.1

我站在他房间仔细数他的药丸，他乖乖地站在一边，我转身摸摸他的脸，凑过去亲亲他："你还算乖，按时吃药。"

他捉住我的手吻了吻，不再像刚才那般闷闷不乐。

看着他那副可怜兮兮的模样，我禁不住抬手捏他脸。

他丝毫不在意，只是深深凝望着我。

我们像之前那样躺在沙发上看电影，看到伤心处，我有点不好意思地偷偷抹泪，他笑着起身帮我擦脸，我念叨着讨厌看悲情的故事，他含着笑一眨不眨地盯着我，似乎是被我念烦了，就突然凑过来吻我，我捧着他的脸无奈地说："你啊，就知道用这个来敷衍我。"

他笑着翻身靠到我腿上，我一边顺着他头发，一边问："这么深的黑眼圈，你昨晚几点睡的啊？"

他眯着眼看我，睫毛颤动，过了一会儿缓缓合上，眼睑下显出一圈淡淡的剪影，他的呼吸也跟着渐渐低缓，我拿过一边的毛毯帮他盖上。

外面又开始下起雨来了，电视机里缓慢地响起片尾曲，房间里变得暗淡无光，而奇异的是这一切却给人一种温柔宁谧。

我轻抚他的睫毛，低头，徘徊在他的唇边，最后落下一个吻。

"睡吧，我在这里。"

妈妈打来电话时，沢言还在睡，我握着电话悄悄起身，唯恐吵醒他。

电话接通，妈妈在对面一顿狂轰滥炸："刚回来就跑出去野，不待在家里，是不是玩疯了！"

我弓着身子把电话拿远些弱弱地回答："一会儿，一会儿就回来，和朋友在外面。"

"现在立马回家，哪那么多事情？马上滚回家来！什么事都有你。"

"好，就回就回。"

妈妈生气地啪的一声挂了电话，我心有余悸地走回房间给沢言写了张留言条。

好不容易到了家楼下，我裹着袄子等电梯，突然就想到通道口的摄像头，我直愣愣地盯着它，想到沢言之前的种种举动，寒意陡然从身体里升起，我有些慌乱地掉头就往传达室跑。

大院传达室总是有两个人轮流值班，一个是位年长的大叔，一个是个年轻的小哥。年轻的小哥曾帮我收过几次快递，于是慢慢地我们便熟悉起来。

我有些局促地推开传达室的门，正迎着大叔的眼神，他起身走过来问："干什么，有什么事吗？"

我白着张脸声音急促："叔叔，我能不能看看D座的录像？"

大叔面有难色道："你要干什么？那个录像不能随便看。"

我走过去拽住他的手带着几分恳求："叔叔我就看看，通融一下，求您了。"

他甩开我，脸上溢出几分不耐烦，伸手推了推鼻梁上的眼镜："那录像不能随便给人看的，你得按这儿的规章制度办事，随便来个人就跟我说看录像，那能成吗？这万一出了什么事，谁负得起责？"

我被噎住无言以对，只得耷拉着头低低说声谢谢，推门离开。

回到家妈妈皱着眉数落我，我一句也听不进去，失魂落魄地坐在一边。妈妈叉着腰念叨："大放假的不待在家，也不帮帮忙，像什么样子，在外头待久了心都野了是吧？"

我垂着眼不说话，妈妈走过来踢了踢沙发："哎，和你说话呢，听见了吗？"

"听到了。我知道错了。"

“晚上去你小姨家吃饭，外公他们都去。别给我一天到晚四处野。”

“好。”

9.2

晚饭后，我搀扶着老人家回房休息，外公笑眯眯地摸我的头，有些嘶哑的嗓音沉沉地说：“都半年没见可可了，是不是又长个儿了，怎么瘦了，在外工作吃不惯是不是？”

我笑着握紧外公的手，贴在他脸颊边说：“挺好的，外公别担心，我会照顾自己的，倒是外公多休息，外婆刚偷偷和我告状了，说您啊看书总看到很晚呢。”

外公眯着眼笑起来：“哈哈，你外婆又说我坏话了？人老喽，能干的事太少了，不像你们年轻人，我这找点有趣的事做呢，看看书养养花，不然待在屋子里该给闷坏了。”

“爸，我们还得收拾着，我让他们姐弟几个先送您和妈回去吧。”妈妈推开门探出头来看着外公问。

外公拉拉衣领，撑着一旁的椅子扶手，我忙站起来去搀扶他，外公笑眯眯地敲敲我的额头：“你个小机灵，在外好好照顾自己，别让你妈操心。”

我扶着外公的手往客厅走：“好，外公放心。”

客厅里怡玫正打着游戏，眼睛紧盯着手中的 PSP 头也不回地说："可可姐你送外公我就不去了啊！"

我应了一声，给外公外婆推开铁门，外面寒风刺骨，我挽着两位老人家走到路边拦车。

等到了家，外婆从屋子里递来一个刚灌好的热水袋心疼地说："哎哟，我的好乖孙冻坏了吧，快暖暖。"

我笑着将热水袋裹紧，舒服地感叹了一声。

外公走过来摸摸我的头："坐一会儿就回家吧，有点晚了不安全。"

"好。"我应了一声。

快到家时，我想到今天录像的事，始终无法死心，于是厚着脸皮又去了趟传达室，结果凑巧的是小哥已经换班了，我开心地推开门叫他。

他回头笑嘻嘻地调侃："可可妹妹这儿可没你包裹。"

我不好意思地挠头，嘟嘟囔囔："除了包裹就不能找你有别的事啊。"

"哟，还有别的事。那你得先等等，先让我猜猜。我说这气氛怎么这么喜庆呢，你是来给送钱吗？"

我被他逗乐了，哈哈大笑："嗯，这得看你表现，请你帮个忙，之后重重有赏。"

"啥事，你言语一下。"

我看着他笑盈盈的样子，也不知道为什么，就觉得这人能信赖，于是开口说：“我想看一下录像找下我男朋友。”

小哥一听就乐了：“敢情拍偶像剧呢，男朋友还能从录像里找？现在科技发达成这样了？你瞧我这样的行不行。”

“你就可劲贫嘴，你能给我调下录像吗？”

小哥清了清嗓子正经地说：“原则上不能，不过特殊情况能啊，我给你开一次后门，你别说出去，要罚钱的。”

我感动得不得了，拽着他的手说：“下次请你吃东西，帮大忙了。”

“我不接受潜规则。”

小哥转身去调录像，翻了一阵始终没看到沢言的身影，我松了口气，小哥回头问：“还要往后翻翻看看吗？还是就这样差不多了？”

我想了想说：“那麻烦你稍微往后面翻翻看。”

小哥点点头一边操作一边说：“估计应该是没有的，这都凌晨两三点了，正常人都睡觉呢。”

看了一会儿，我禁不住伸手捉住他肩膀，我心扑通地跳个不停，连耳朵都被这激烈的声音刺激得发麻，我指着屏幕说：“你等一下，往后看看。”

画面定格在漆黑的通道口楼梯上，沢言孤孤单单地头靠着膝盖，通道的感应灯因为他的挪动而亮起。

我全身发抖，我喘不过气，我抠着手心觉得心都要从嘴里跳出来，我有点发蒙后退了几步说不出话，小哥揪着眉紧张地问："你怎么了，脸色好差，这人你认识吗？"

我盯着那录像无声无息，只能扶着一旁的桌子默不作声。

"你没事吧，你认不认识，不认识就有点可疑了，这么晚来偷偷摸摸的，怕是贼，偷了东西就不好了，居民住户会投诉的。"

我低头咬着嘴唇："是我男朋友。"

"你男朋友好奇怪啊，半夜出来怪吓人的。"

我耳朵骨膜好像和心脏连在了一起，突突奔窜个不停，我眨巴着眼睛，我不知道应该怎样做、怎样说。

小哥犹豫了一下，伸手拍拍我："我没别的意思，你别哭啊。"

我有些愣愣的，抬手摸自己的脸才发现原来是哭了的。

"谢……谢啊。"我只能含含糊糊地道谢。

我转身推开门，压着嗓子说："我先走了。"

深冬似青龙偃月刀般冰冷的寒风中，我站在街边的窗檐下，风在黑夜里强劲地吹送，路旁无人居住而松散的窗棂，被吹得砰砰作响，打在一边的墙檐上，快要破败的样子。

往返的车辆在道路上穿梭，车灯照得人眼花，我不知道该往哪里走。

沢言总是这样。

总是不经过我同意就默默做这么多，悄悄做，不告诉我，我不希望他这个样子，我不希望孤孤单单的沢言一个人坐在通道里等我，我不希望他为了保护我，在爸爸妈妈面前装作是陌生人，在朋友面前只能当成哥哥，在外人面前松开我的手，到底是哪里是哪里出了问题，为什么我这么喜欢的人一直在为我受苦呢？我不希望这个样子。明明他就是最好的那个人。

手机铃声响个不停，像是要把这个黑夜吵醒一般，毫不停歇，我把它靠在耳边，那边妈妈暴躁地问："你在哪里？你在哪里？"

喉头堵着，气都要喘不上，我的力气像都被抽走了一样，我筋疲力尽地哆嗦着："妈妈，我不能回来，我朋友出事了，我要去他那里，我必须去他那里，求求你。"

我撒谎了，我抓着头发，像个神经质，我听着自己还在断断续续说着胡话，我脑子乱极了，出错了，这一切都出了错，不该是这样的。

寒风依旧吹在我脸上，像是巴掌呼在脸上，我想也好，把自己打清醒一点。

我只能深一步浅一步地往他家走。

9.3

我坐在沢言小区绿化带边的凳子上，垂着眼对着手机发呆。有好多好多话想说，可真正开口却无从说起。

沢言，也许我们真的错了，为什么我们要躲躲藏藏，为什么我们要撒谎，我们再努力一点不行吗？我们再勇敢一点不行吗？我不想这个样子了，我快受不了了。

周围黑乎乎的，只有路灯，万籁俱寂，我往袄子里缩了缩，有些害怕。我盯着手机通信簿看了好一会儿，最后颤抖着按下拨通键，手机很快接通了，我听到那熟悉的呼吸声，那样温柔，就像无数个日夜他贴在我耳边亲吻我时一样，我低声吐露："沢言，我在你楼下，你下来吧。"

我看到穿着拖鞋急急忙忙跑下来的沢言，他紧紧抱住我，心急如焚的样子。

我摇摇头，抽开被他紧抱的手，抓着他衣服问："你为什么那么早就过来，你一个人在通道里冷不冷，为什么不打电话给我？你为什么总是这样子？"

他直起身低头给我抹泪，他定定地看我，他凑过来亲吻我的眼睛，他握住我的手，眼中带着恳求。我看着他，想要把一切都告诉给他，我希望他能够懂我的心情。

"刚刚我一个人坐在这里，只是一会儿我就害怕了，你坐了那么久，我得多心疼，你不要总是这样子让我担心好不好？"

他眼睛里含着湿意，忍着不表露，我伸手给自己抹眼泪，"你不要哭，我不哭了，所以你也不要伤心。"

沢言搂着我，眼泪还是流下来了。他把头窝在我怀里，他浑身颤抖，像是受了伤的猫咪，他眼里满是痛楚，他蜷着身子捂住了眼睛。

我失魂落魄地看着地面，所有的过往像是走马灯，那些记忆像是我曾做过的美好的梦。那是个遥远美好的梦，可现在我看不清它了，它像是蒙上了一层雾，它似乎快要被拉上帷幕。

我听见自己模模糊糊地说："沢言，是不是我们从一开始就真的错了？"

他慌乱地抬头，他不知所措地紧握住我冰冷的双手，他嘴唇一张一合说不出话来，他只能仰着头，他那闪烁的瞳孔，沾染着莹莹的泪滴。

我凑近，慢慢搂住了他颤抖的脊背。

9.4

他带我回到家，回到充斥着暖气的屋子里，外面冷极了，我禁不住一激灵。

他催促我赶快洗个热水澡。

当我洗好回到房间时，他正躺在床上打瞌睡。

我轻声走过去蹲在他面前抚摩他的眼睛，"你今天睡了一天还没睡够？你是猪崽子吗？"说完我禁不住低头吻他有些干涩的嘴唇。

他睁开眼看我，伸手搂住我的脖颈，温柔地同我接吻。

他拉开一些距离看我："你在看什么？"

他伸手摸摸我的脸，微弱地说："你。"

我笑起来，抓着他的手心止不住地亲吻，像个情窦初开的小孩子。我爬上床翻身躺在他一旁，他起身把小夜灯关上。

屋子里陡然变得黑漆漆的，他伸手攀上我后背，将我搂在他怀里，手指慢慢地在肩胛骨滑动，我有些困倦地靠近他，他的嘴唇贴近我，无意识地亲吻我，热热的呼吸吹拂在我脸颊，痒痒的，我忍不住笑了。

他伸手把我的手握住，指尖在我手心缓慢地写字，他写了三个字，写完我轻轻握住他的手低低地说："我也是。"

他低头，眼眸里盛着迷人而又微弱的光。

他揪住眉，嘴唇颤抖，竭尽全力。

我用手捂住他的眼睛说："我知道，现在睡觉，什么都不说了好不好，我好困。"

我的手心沾上了热热的湿意。

我心里想，沢言，我知道的，我都知道的，虽然你嘴上不说，可你心里一定说过千百遍，这就够了，比起短短三个字，这千遍万遍已是我最值得珍惜的礼物。所以没有关系，你不要害怕，我哪里也不会去，我们会一直好好地在一起。

"明天和我回家好不好，我们不要再这么躲躲藏藏了，你那么好，你应该更勇敢一点，你比任何人都优秀，我们再努力一点，一定会永远在一起的。你不要怕好不好，如果你害怕退缩了，我这么努力又是为了什么呢？如果你喜欢我，就勇敢地告诉别人你是我的男朋友，即使我们不能得到祝福，可是我们在一起啊。”我凑近了，额头顶着他额头。

他拉下我的手，我第一次看到泪流满面的他，可是很奇怪，却觉得还是那么好看，怎样的沢言我都那么喜欢。

“好不好？沢言，我们明天就见爸爸妈妈？”

他沉默，过了很久我看到他轻轻点了点头。

他拿起桌边的手机打字：“要是叔叔阿姨不同意呢？”

“会同意的，不过你要努力一点，当然你也不能变心。”我拉住他胳膊笑起来。

“我永远不变心。”

“那就好，以后我们会结婚的，然后呢，会生小宝宝，日子还长着呢，总有一天大家都会祝福我们的，你要相信。”

他听得一愣：“你会给我生宝宝吗？”

“当然啊。”我说。

他突然起身把床头的小夜灯打开，有些激动地坐起来打字。我被光照到，眯着眼看他，他再次把手机递过来：“那如果他们不同意呢？”

我有点脸红，咬着嘴唇说：“刚刚不是回答你了吗？”

他固执地把手机举在我眼前，似乎就是一定要得到一个确切的答案。

我被他傻兮兮的样子逗笑了，于是坐起来把被子拉过来，把他也包裹进被子里说："你坐着不冷吗，会感冒的。"

他低头不看我，我靠过去亲吻他的脖子，"不同意的话，如果你想，我，会愿意的。"

兴许那个时候说这句话，讨好和安慰的成分也是存在的，但我知道，在那一刻我是真心地有着为他生个宝宝的意愿。

不知道为什么他听到这句话脸上就露出类似破涕为笑的表情，而后让我想到一个词，笑靥如花。

他挪了挪身子，在被子里紧紧抱住我，吻我的耳朵，我靠在他怀里，觉得这一刻的美好，大概是所有荣华富贵也换不来的。过了一会儿，他伸出手拿手机打字："我只有你。"

我笑着仰头摸摸他下巴："我知道。"

"你呢？"

我笑着说："我后宫三千佳丽，相当抢手哦，好多人等着侍寝呢，你排大后面了，哈哈。"

他又开始凑过来没完没了地吻我的脸颊，我的耳朵。

我搂着他："你怎么这么大人还撒娇啊。"

他停下来头靠在我颈边。手轻轻抚摩我的手臂，我觉得此刻是如此地安心。

我开心地哼哼，他仰着头看我又凑过来亲吻我，吻着吻着就甜蜜而热情地黏住我的嘴唇，把我压在柔软的床垫里。

我摸摸他的头，他就撒娇般松开力道转而去亲我的脖子。

过了一会儿，他拿出手机打字："你不去西城就好了。"

"不可以，还是要回去的。"

他继续写："要是能独占你就好了。"

我嘻嘻哈哈地搂着他的脖子说："那可不行，时间久了你就会腻了，我们这叫，这叫距离产生美，哈哈。"

他撇撇嘴难得地做起鬼脸，无法苟同的样子。

早上醒来的时候，我发现身旁没人，于是随手拿了旁边的外套裹在身上急匆匆地走出房间，看到他正在厨房里。

他听到动静，迎着光转身，光影下的他就像浑身缀满了晶莹的宝石，散发着耀眼的光芒，我眯着眼看他，他那双美丽的眼睛正漾着盈盈笑意。

他走向我，我仰着头接受他缠绵而温柔的亲吻。

我拉开一些距离，贴着他的嘴唇抚摩他的毛衣纽扣。

他早就穿戴整齐。

我看着他发笑："这么积极啊？"

他挑眉不置可否，再次将我牢牢收拢进他温柔宽广的怀抱里。

我吻吻他的耳朵说："我要先打个电话给爸妈哦。"

他松开我，捏捏我的脸。

我起身去房里打电话给妈妈。那个时候其实我内心相当紧张，完全是凭一股本能和冲动去做，如果错过这次机会，我不知道往后会发生什么，最近我尤其鲜明地觉得很多事都无法掌控，我们甚至不知道上一秒还好好的人，下一秒会不会就突然和你生离死别。

人类的情感，有的时候太脆弱了。

我第一次感到害怕。

电话很快就接通了，我沉着声小心翼翼地问，试图把紧张的情绪掩盖：“妈妈，你和爸爸今天在家吗？”

“今天我要和你爸爸去你外公家，昨晚太晚没去，今天要去看老人家。”妈妈平淡的声音从话筒里传来。

“好。”我有些沮丧地握紧手机。

“可可，怎么了？你在哪儿呢？什么时候回来？直接来外公家吧。”

“我一会儿就回来了。”

“可可，你……”妈妈欲言又止，“你……再说吧，赶快回家。”

电话被挂断了，嘟嘟的忙音还在一个劲地响着。

我绞紧手指，有些六神无主。我愣愣地看着自己发红的手心。

出了房间沢言在餐桌边等我，我就走过去，扯出一个难看的笑容：“沢言对不起啊，今天不能去了，那我们下次再约时间，正好也有点准备，好吗？”

他听得一愣，又莞尔笑着一边低头吃早餐，一边点头。

他眼里映着浓浓的失望。可那些情绪就在他低头的瞬间被他掩埋、深藏。

他从来都不愿让我为难。

我无法宽慰他，我只能握住他的手说："没关系，一定还有机会的。"

他轻微地点头。

吃完早餐，他送我去车站。一路上他紧紧握住我的手，车快来的时候，突然握住我的手吻了一下，我捧着他脸跟他说再见，上了车隔着窗子还能看到他在招手。我想，希望一辈子这个男孩都在我身边，我一回头就能看到他在对我笑。

9.5

人有时候在自己害怕的事情上，会选择忽略它，或者把它想得美好一点。

很多时候我们都不敢真正地直视它，所以它来临的时候我们会害怕，会想逃跑。

那个时候我们总想着时间还有很多，没关系，一切还来得及，我们会做好的。

可当一切突如其来的时候，我们却发现不是这样的。很多事当你未能切身体会的时候，你永远不知道它是个什么样子，你永远无法做到感同身受。

那是回西城前的倒数第二天。

我一直苦于没找到合适的机会让沢言和爸妈见面而惆怅。

那天我约好和沢言一起出去。

早晨我起得很早，不想让沢言等得太久，他提前到的坏习惯还是没有改过来，我只能在自己的生物钟上下一番功夫。

妈妈因为平时工作的原因几乎是不睡懒觉的，我出屋子时正看到买好菜回家的她，她有些诧异地问我："怎么起这么早？"

我随手拧开桌上的牛奶喝了两口，有些紧张地答："啊，啊，我，我今天约了朋友出门。"

妈妈把袋子放到茶几上，面无表情地瞥了我一眼："哦，和谁呢？"

"嗯，和朋友啊，我先去洗头。"

我有些慌张地侧身走进浴室。

过了一会儿，我听到妈妈在客厅喊："你手机响了。"

我下意识地扯着嗓子说："你别管它，让它响。"

我继续低头冲水，冲到一半突然想到自己手机来电是设置了和沢言的合照的。

我来不及管湿淋淋的头发，湿淋淋地就往屋里跑，厨房里妈妈正在做早餐，看到我皱着眉念叨："怎么弄得浑身是水，要感冒的，快去吹干。"

我松了一口气往房里走。手机还在床边，我捂着胸口不知怎么就想到一个不太恰当的词：做贼心虚。

吹完头发我给沢言发短信说一会儿就下去，让他在石凳那里稍微等我一下。

收到他“安心”的回复，我忍不住笑了。

妈妈把早餐端过来，我夹起一根油条放进盘子里。

吃了一会儿妈妈突然抬头看我。

我被她看得有些心慌，于是避开她的视线，扒拉着盘子里的早餐问：“怎么了？”

“你谈恋爱了吧？”笃定的语气。

我愣了愣，点头。

“多久了？”对面妈妈依旧语气淡淡，听不出任何情绪。

我抬头看她，留神着她的动作和表情，想要悄悄地观察此时妈妈的内心。

“几年了。”我抠着餐盘低低地应着。

妈妈哼笑了一声，有些讥笑的意味：“你保密工作做得好。”

我尴尬地摇头。

“哪里的？学校里的，还是学校外的？”

“同学。”我呢喃着。

妈妈终于伸手过来：“你把电话给我。”

我看着她的手心，心提到了嗓子眼，我犹豫着磨蹭：“怎么了？”

妈妈的眼神忽地就变得犀利起来，她缓慢而低沉，平静又冷淡地说：“再过半年你也快毕业了吧，终身大事看对人，马虎不得，老话听过没，‘郎怕选错行，女怕嫁错郎’，你这么久都不带回来看是怎么想的？”

“妈妈对不起。”我只能挤出一句毫无意义的对白。

“你不是对不起我，你是要对得起你自己，为自己以后负责，有些事情你这么大了我就不说教你了。”

我沉默，看着盘子里自己扭曲的倒影。

“是不是手机上的人？你谈个恋爱偷偷摸摸的干什么，我和你爸爸没有阻止你谈朋友，你有合适的带回家我们高兴还来不及，你偷偷摸摸地生怕我们知道是怎么回事？”

“我没有，我是想带回来给您和爸爸看的，只是没找到合适的机会。”

“那就今天吧。”妈妈说，“你打电话叫他过来。”

说完妈妈不再看我，起身去房里换衣服。

我揉着自己的脑袋，牙齿都在发抖。

我手指哆嗦得连字都编辑不好。

“你上来吧，我妈想见你。”

9.6

沢言那天上来的时候还带着他买给我的早餐。

他想告诉我他买了我最爱吃的糕点。

我错过了他的短信始终没给他回复。

于是他打来电话，想要提醒我。

很多时候有些事情就是那么凑巧，就像轮回一般，躲不掉的宿命，你苦于挣扎却始终要面对。

他进到屋里，妈妈握着他的手仰头看他："哎呀，这么高啊，我们家可可找了个这么高的小伙子。"

他显得不好意思极了，脸迅速红起来。

我顺从而沉默地跟在他们身后。

妈妈领他到客厅坐下，把茶几上的水果和零食都往他面前推，嘴里说着："不用客气。多吃点。"

沢言低敛着眸子微微喘气，手指忍不住凑近嘴边，顿了会儿又重新放下。

我知道他在紧张。

我伸手碰他的手臂。

他苍白着脸看我。

"你叫什么名字？"妈妈凑过来问。

"他叫沢言。刘沢言。"我回答。

沢言弯了弯嘴角，慢慢呼出一口气。

"你们是同学吧，你家是哪的啊？"

"沢言他是本地的呢。"

妈妈一下子垮下脸，紧皱着眉训斥我："我问他呢，你一直插什么嘴！"

沢言连忙低头去书包里掏出纸和笔准备写字，妈妈呆愣着问："你怎么了，身体不舒服吗？不说话？"

我和沢言沉默了。

妈妈瞪大眼睛，难以置信："不说话，怎么了？"

我说的时候听到自己心脏怦怦地跳："他有失语症。"

"你再说一遍？"妈妈起身揪着我的衣领。

我垂眼看着自己的手背，妈妈的指甲刺进我肌肤里，我却感觉不到疼痛，我只听到耳朵嗡嗡叫个不停。"就是，不太能说话。"

妈妈松开手沉默地看着沢言："你先回去吧，阿姨今天有点事，没好好招待你，下次我们再说好吧。"

他苍白得像是一座雕塑，一动不动，死死盯着我。

空气凝滞得让人说不出话，似乎只要开口谁都会崩溃。

我咬着牙，忍着眼泪："你先回去吧。"

他僵硬地低头在纸上写起字，而后递给妈妈。

那纸上写着："阿姨，我是真心喜欢可可。"

妈妈用力握着纸条说："回去吧小刘，以后，以后不要再见可可，你要是真喜欢她，就不要再纠缠她。"

他脸上血色尽失。

"回去吧，小刘，离开这里。"妈妈咬着牙低吼。

他起身默默走到过道，我浑身冰冷地跟在他身后，我看到他发红的眼角，我心疼地想去握他的手，他却把手收进口袋开门走了。

我呆站在客厅，妈妈气得双眼赤红。

我试图开口解释：“妈妈，他……”

妈妈像是被激怒了，站起身狠狠扇了我两巴掌，我被扇得踉跄地后退几步，脑子里嗡嗡地响，她继续走过来发狠地揪着我手臂，歇斯底里地喊：“你疯了！你疯了是不是！”

我蹲下身抱住头，不知道是被打疼了，还是因为沢言走了，突然止不住地哭起来，只觉得世上最痛苦的事情大概就是伤害了爱你的人，和你爱的人。

可是，明明你想努力做好的。

9.7

那天阳光灿烂，是个特别晴朗的好天气。

而原本应该同样拥有好心情的妈妈，却在沙发里哭得极为伤心。

沢言那个时候应该也在那条我们曾走过无数遍的马路上掉泪吧。我这么小心翼翼不想伤害任何一个人，却将他们伤得伤痕累累，我不是一个好女儿，没有好好孝敬爸爸妈妈，总是让他们操心。我也不是一个好女朋友，总是让沢言受委屈，你瞧，我这么坏，他们却对我这么好，我到底要怎么做你们才会开心起来呢？我真的很想努力不让你们伤心，可是总那么难。

我走过去蹲在妈妈膝边，想要握住她的手。

妈妈神情冷酷，嘴角抿得紧紧的，大力挥开。

我捂着疼肿的脸跪坐在她脚边。

那个从我开始学走路就牵着我手的妈妈，那个生病了明明很难受还是骑车送我去上课的妈妈，那个嘴上很生气不理我却偷偷做好饭再出门的妈妈，那个隔着餐桌说，你不黏我了，你不要让我和你爸爸操心的妈妈，把我的手挥开了。她心里一定比此刻的我更痛苦吧，因为她是这么地爱我啊。

可是妈妈，怎么办，明知道会让您这么伤心，我却还是放不下沢言，我是不是一点也不听话。妈妈，能不能看一看努力的沢言，求求你，哪怕是一眼，只看一眼那么努力的他也是好的。

我痛哭出声，我软弱无力地趴在妈妈脚边，“妈妈，对不起，对不起，你不要生气好不好，他真的很好很好，好到不会再有第二个这样的沢言了。”

“作孽啊，你以为我生什么气，你以为我为什么哭，我哭你们两个太可怜了，不可以啊，可可，你不能这个样子啊。你要妈妈怎么办啊，你当可怜下妈妈和他分开吧。你们不能在一起啊，妈妈想到你们以后心就痛得难受，你不能这么不听话啊，你当妈妈求你啊。”妈妈悲凉地说，眼角的泪止不住地往下掉。

我哽咽："妈妈，您别哭了，我知道我让您伤心了，可是您以前说过的，子女越大父母能帮到的就越少，我知道我现在还小，也没什么能力，可是我会长大的，我会加倍努力的，您可不可以给我们一个机会，沢言他那么好，他只是不能说话，人的语言真的那么重要吗？有些人一辈子说了很多话，可他不懂得去努力，他失去了很多机会，他不懂珍惜爱的人，爱人离开他；有些人有说话的能力却失去了很多。可沢言不一样啊，他失去说话的能力，不代表他失去一切啊，他那么努力，他比普通人加倍努力去活着，妈妈。"

妈妈俯身抱住我，我的脊背很快被温热的液体打湿，"可可你听妈妈话和他断了吧，你们以后怎么办啊，妈妈从你那么小开始带，带到现在这么大，妈妈是半点苦都舍不得你受的，你要争气啊，你现在会怪妈妈，以后年纪大了就懂妈妈都是为了你好，你从小听话，这次也听妈妈一次。"

我哭着摇头。

"你还这么小，你连自己都照顾不好还要去照顾他，以后生孩子怎么办，你就是受个伤他喊都没法喊，不断也得断。"

我拽紧妈妈的衣服，就像揪住救命稻草般："妈妈求求你，你给我们一个机会好不好，稍微了解一下他好不好，说不定你会改变想法的，如果你了解了还觉得不行，我们再说好不好？"

妈妈推开我去拿我手机，我跪在一边想要去抢，妈妈停下来，凶狠地瞪着我："你今天要是敢为了他这样，我就当没生过你。手机关机放我这儿，你不要再和他有联系。现在就去订票，明天就走，我明天去帮你买新手机卡，我就不信断不掉。”

我只能哭着求妈妈，可我知道她已经铁了心不会改变主意。

9.8

爸爸回来后闷不吭声，坐在一边静静抽烟。

过了很久爸爸说：“你要听话，不要恨你妈妈，这个世上她最爱你。”

我知道的，这些我都知道的，可是我要怎么做，才能学会去放弃呢？

那天爸爸用了很多方法订了第二天的机票，妈妈没收了我所有可以联系沢言的工具。

我似乎是被禁足了，断了一切与外界联系的方式。

妈妈把詹蕾叫来陪我。

我闭着眼像具雕塑毫无反应。詹蕾坐在床边叹气。

走的时候她抱着我说：“别怕，有我呢，无论什么时候只要你说，我都一定帮你，再难，我也会帮。”

房里的窗子还未关上，寒风吹来，我打了个冷战，我蜷起身子看着屋外的夜灯发呆。

房门被再次推开，我无暇顾及是谁。

有人在身后拥住我，我听到她在说："可可，听着，不要出声，冷静听我说，我骗阿姨说忘拿手机了，沢言……"

我翻身紧紧拽住她，急切地问："沢言，沢言他怎么了？"

她搂着我，靠在我耳边悄悄说："沢言在安全通道的楼梯里坐着。"我倒抽一口气，我咬着牙不让自己的哭声惊到屋外的父母："他什么时候来的，吃饭了吗，现在呢？"

"冷静点，可可，冷静点。"詹蕾抬头红着眼眶看我，"我不知道他来了多久了，我刚刚下楼看到通道口好像坐了人，我走过去就看到了他。他站都站不起来，因为坐得太久腿都麻木了，我让他回去，他不肯，他让我把这个带给你。"

我颤抖着打开纸条，沢言的字跃然纸上："我等你一辈子。"

我捧着纸条捂住嘴低低地哭："不要让他等了，快让他回去。"

詹蕾搂住我轻轻说："好。"

偶尔我会想，如果沢言不喜欢我是不是一切会迎刃而解。

他一直都在为我承受着我所承受不了的。

他那么辛苦，为什么没人看到他的好呢。

他有那么多值得我依靠的地方，也许以后日子会很艰难，但是那又怎样呢？

是他一生下来就让自己不能说话吗？

不是的。

是他一开始就想让自己永远得不到自己想要的吗？

不是的。

但这些他都独自承受着，没有反抗，他在努力变得更好。

他就一辈子只配孤单一人吗？他就不能生存了吗？他就不配得到幸福和祝福了吗？

沢言不是这样的。

可是，为什么没人能懂呢？

我不知道他冷不冷，他饿不饿，他有没有吃饭，他有没有回家。

他好不好。

这些我都担心，这些我都想知道。

可现在就连碰碰他都成了奢求。

我脑子里乱糟糟的，我浑浑噩噩地爬起来往窗边走，我想见他，我发了疯地想见他。

我太难过了，到底要如何做，如何乞求，他们才能让我见到他。

我踉踉跄跄地眯着眼看楼下。

我看到他，看到詹蕾。

我万念俱灰地闭上眼睛，我知道这都是我的臆想，我太想他了。

我费力地再睁开眼。

他们还在。他们还在那里！

我面无血色地发愣。

不是幻觉吗？

他们真的在那里？

他们真的在那里。

詹蕾在向我招手，沢言仰着头看我。

我流着泪太过悲伤，手背上的泪滴烫得像是要把我灼伤了一般。

明明隔着那么远的距离，可我觉得沢言就在眼前，我多想抱抱他，摸摸他，亲亲他，告诉他我好想他。

我哑着嗓子张着嘴唇：“走，快走。快回家。”

他一定听到了，他模糊苍白的脸痛苦地扭曲起来，他的模样看得让人揪心。

詹蕾蹲在花坛边哭，沢言就这样挺着脊背站了一整夜。

夜晚的风变大了，呼呼地吹，就像有谁在哭一样。

9.9

清晨妈妈推开屋门看我，她满脸憔悴，沉默不语。

我靠着窗边慢慢顺着墙坐下，良久疲倦地点头：“最后一次，让他送我去机场好不好。作为男朋友光明正大地送我一次，我再不和他联系。”

我凝视着妈妈的眼睛，那双眼睛没了平日里的神采，空余下一汪死水，她冷淡地睨着我，这样的表情似乎开始在她脸上生了根。

“妈妈你讨厌我了？”我悲伤地诘问。

妈妈突然叹了一口气，带着点酸涩：“不要怪妈妈，妈妈只有你。”

下楼看到沢言时，他苍白着一张脸，身边坐着眼睛红肿的詹蕾。

爸爸走过去拉她起来，她走过来搂住我：“会好起来的，要忍，要坚持。”

我看着她和载她回家的爸爸的身影发愣，他们越来越模糊，直到不见。

我心里莫名地空落落的。

妈妈和沢言坐在院子里，我站在一旁疲倦得不想开口。

妈妈默默抹着泪，我伸手捧住脸，一切看起来都是那么地满目疮痍。

“小刘，我女儿不懂事，你是男孩子要有担当，不能跟着一起不懂事，你以后还会遇到更好的，你就当是阿姨对不起你，不要恨可可，是我们家可可配不上你，你们分开吧。你们不能这样过一辈子啊，阿姨知道这样说你心里难过，但是你看在一个妈妈的分上，放我女儿走好不好，你当阿姨求你。阿姨一想你们以后就心疼得睡不着，我们年纪越来越大，不盼着她荣华富贵，只盼着她平平安安，顺顺当当，我们的要求真的不高，你要理解阿姨的苦衷，父母都希望孩子好。”

我茫然地听着妈妈的话语，它们就像是一个没有尽头的黑洞，吞噬着所有的一切。

沢言的呼吸清晰可闻，他颤抖着嘴唇，他的眼泪就那样掉下来。

“不。”他微弱地说出一个字，他含着泪摇头，他再也坚持不下去了，他撇过头，眼泪一颗接着一颗砸下来，砸在我心里，砸得我痛苦不已。“你们怎么就那么不听话呢？”妈妈悲伤地问。

他掏出本子在上面歪歪扭扭地写：“阿姨，我只有可可。”

我不禁想到那个温柔而甜蜜的夜晚，他在被子里搂着我，身体暖暖的。他轻轻地吻我，他用手机打字告诉我，他只有我，他希望能有一个宝宝。

仿佛都像是上一刻的事般，转眼间却发生了翻天覆地的变化，以致让我们措手不及，那些美好而甜蜜的事都变成泡沫被人一戳就破掉了。

妈妈看着纸条哽咽：“会有的，以后你会有更好的，你还年轻，很多事不是你有勇气就可以做好的，在现实面前很多事你就只能放弃，不是空有勇气就能做成的，你太年轻了，不懂得生活中的酸甜苦辣。”

沢言垂下眼固执地将那张纸条握在手心。

到了机场，沢言和爸妈同我道别。

我握着妈妈的手苦涩地道歉："妈妈对不起，我没有听话，让你们伤心，你们不要生气。"

我伸手抱住爸妈："妈妈，你和爸爸永远是我最亲的人，我知道无论你们怎么做都是为我好。妈妈，你不要伤心。有一句话，我知道这么讲你们会觉得我不孝，但是我还是想说，你们不要为难沢言，就让他这样安稳地回去好不好？"

妈妈抱着我流着泪点头。

沢言站在一边眼角发红，我走过去搂着他，头靠着他宽广的肩膀，像每一次离别时一样，我轻轻吻了吻他的耳朵："你等着我，无论谁说什么都不要相信，只相信我的话，好好的。"

他低下头亲吻我的额头，乌亮的眸子沉着幽深的光。

那是我同他分别前最后一次看到他如此美丽的瞳仁。

拾

10.1

妈妈终究还是把手机还给了我，连同那张小小的电话卡。

尽管妈妈生气地打了我也好，骂了我也好，可是无论她做什么，我都能体会到她的苦心。

世上有哪个人能忍着痛苦勇敢将你生下来呢？她把青春和年华都献给你了，无论做什么，她都是爱你的，兴许她不懂你，不接受你爱的人，在你看来也许很残忍，但是她能陪伴你的时间永远比你爱人陪你的时间短，所以她只是想你过得更好，哪怕那可能是错的。

回到西城的日子，妈妈的电话日渐多了起来。

“你不要忘记你在家说的那句话，不要再让妈妈伤心，听话一点，你这么大了我不想把你关起来。”她一再地叮嘱我。

很多时候我们会陷入长久的沉默。

我看着窗外繁星点点，会时而走神地想：只要我和沢言再坚持一下，一切都会好起来的，时间会给我们答案，只要我们不放手，总会好起来的。

人们不是常常说：念念不忘，必有回响。

沢言发来短信告诉我，那天我爸妈没有为难他，相反还请他回去吃了午餐。妈妈耐下心来和他在纸上写字谈话到很晚，他相当感动。因为他长这么大能够真正耐下性子一笔一画与他交流的只有三个人，一个是他的母亲，一个是我，现在还有一个是疼爱我的妈妈。

我知道即使妈妈说了很伤人的话，其实她的心却比谁都要柔软。

但我们也都明白，即使妈妈会心软，但她始终不会允许我们在一起。

沢言慢慢变得忙起来了。

原本每日几十条的短信到最后连一句晚安也省去。

若是换作从前，兴许我会贴心地觉得没关系，大概是他太忙想要好好休息。

可那时，我比任何时候都缺乏安全感，午夜梦回身旁没有沢言的身影，打开手机是空荡荡的信箱。

这一切都是我烦恼和焦躁的源头。

我开始胡思乱想地担心起来，像每一个恋爱中的女生一样，无数次在脑海中揣测他的一举一动。

可我不敢问他。

我害怕所恐惧的那些成真。

好不容易终于接到期盼已久的“晚安”。

我终究还是忍不住问他：“你最近在忙什么，怎么都找不着你？”

“我很累，想睡了。”

我呆呆地看着手机，觉得被当头泼了一盆冷水，那感觉糟糕透了，它让我浑身冰冷，它让我跌至谷底。

它让我抓耳挠腮得想要流泪。

10.2

那晚我失眠了。

翻来覆去只觉一股浊气涌上心头，始终无法安睡。

我起身靠着床头把手机打开，漫无目的地刷新聊天软件里各色人的状态。忽地就发觉半个小时前沢言更新了个人记录，那里面写着：“这样也挺好。”下面是他室友回复的：“悠着点儿。”

我的心陡然就变得空空落落。

我不懂。

我不懂他这句话的意思。

他明明说他要睡觉的，结果呢？

我几乎下意识地认为他在撒谎。我浑身僵硬心里止不住地发寒，连握着手机的手也忍不住颤抖。

他骗了我吗？

不会的啊，那个在楼下等了我一整夜的沢言，那个凌晨跑来找我的沢言，说着只有我的沢言，答应我只相信我的沢言骗了我吗？不会的啊，他怎么会骗我呢，即使他有苦衷骗了我但他不会背叛我的对不对？我们经历了那么多，怎么可能因为一点点考验就变成那样呢。

我不知所措地握着手机退出了主页界面。

我和他的密码是相互知道的，可是我们很少会去主动登录对方的账号，我们始终觉得再亲密的人，也需要保留一些私人空间，而不是把所有都摊开给对方看。人呢，总会有自己想要保守的秘密，或者情绪。

我不想做一个因为恋人而变得不像自己的人。可是那天我没法说服自己不去看他的私人记录。

我咬着嘴唇脸色发白，我能听见心里仓皇的跳动声，我颤颤巍巍地点开他最近联络过的那个女生，凭着本能打开了聊天窗口，“在吗？”

我满心地紧张，抠着手机，脑子里混混沌沌，已经接近午夜对方兴许早就睡了，也有可能这是沢言新认识的朋友。

沢言能认识更多的朋友一直是我所期盼的，不是吗？

我蜷起身体抱住头告诫自己，也许我是太敏感了，遇到一件小事就想很多，可能一切都是我的揣测，我应该更信任沢言一点。

手机提醒音突然响起来，就在这寂静的午夜如同雷鸣，我僵硬地点开回复："你不是睡了？"

我觉得嗓子发紧，心极其不安地跳动："没有，有点失眠，你呢，怎么还不睡？"

对方再次发来信息："我这么说可能有些唐突，但是今天真的很开心。"

我身体发冷："为什么开心？因为我吗？你知道我有一个女朋友吗？"

"哦，是你今天说的那个很好的前女友吗？"

我再也问不下去，我看着回复几乎是面目狰狞地笑出来，沢言你好样的，"前女友"，你好……你真是做得太好了，齐人之福在你那里发挥得淋漓尽致。

我扯着嘴角冷笑，手指颤动，我想寻求最后的答案："你能发个语音吗，我想听听你的声音。"

我听到时钟在午夜里走动的声音，咔嚓咔嚓像是咒语，我闭上眼，觉得眼睛干涩地疼痛。

对方终于发来了消息，她在问："你到底是谁？"

我哑然，我是谁？我是谁呢？我是他女朋友，不，我是他前女友。

10.3

我深吸了口气，起身从床上走下来，我竭力控制住内心的怒气，努力让自己冷静，我咬牙打开电脑看回程的车票。

我只要一个解释，分手也好，误会也好，我不想等，哪怕一分一秒我也不想等，我要他把一切都清清楚楚地告诉我。

我永远也忘不了为了一个答案，为了我爱的人，我心甘情愿在火车上整整站了十几个小时的往事。

我只愿他对我说声："你误会了，不是你想的那样。"

只要沢言说，我就信，哪怕他骗我一次，只要他说，我就信他。

到了车站，我发短信问他："你在哪里？"

他始终没有回复我。

我不知道他是在学校还是家里，时间已经很晚了，车站外黑漆漆的，我迎着风找到路边的花坛坐下，我垂着眼握着手机，人迹罕至的马路上偶尔有车经过。

零零散散过路的人回头看我。

我觉得此刻我一定像极了被抛弃的丧家犬。

我蜷缩在大衣里，颤抖着打开曾载满我们亲密合照的相册，一切仿佛还是昨天一般，而此时此刻却像是天大的讽刺，刺得我鲜血淋漓，削骨剥皮也不过如此。

时间一分一秒过去，我的心最终跌至谷底。

我撑着麻木的双腿步履蹒跚地走到路边拦车。

我来到沢言家楼下，却顿失勇气。

我无法面对他，我太害怕了，我不敢想象他会说的任何一句话，好像无论哪一句我都会崩溃。

我孤零零地站在楼下给他发短信："我有事想和你说。"

他冷冷淡淡地回复我，似乎一句多余的话也不想同我再说下去："明天说吧，今天很累。"

"现在好不好？"我几乎哀求。

他不再给我回复。

我站在楼下一直等一直等，也不知道等了多久，大概天快亮了吧，我等得心灰意冷，心里想着，你瞧，爱情有时候就是这样的，它也许抵得住时间，却抵不住诱惑，它抵得住困难，却抵不过坚持，再爱你的人爱你的时候你就是手心的水晶，不爱你了就是玻璃碴儿。

10.4

我听到自己对着电话轻轻说："我在你家楼下。"

我觉得自己比任何时刻都要清醒，清晨的霜露混着一股湿意将我紧紧包裹住。

我闭上眼靠坐在一旁的花坛里，试图让眼睛不那么酸涩。

我听到慢慢接近的呼吸声，沉重而急促。

我睁开眼，冷冷地看他。

他似乎是被我的眼神刺到了，原本藏着喜悦的眸子渐渐敛起，被晦暗盖过。

他缓慢地靠近我，试图触碰我的额头，我把脸撇向一边，他的手尴尬地在我脸侧顿了顿，最后抿着唇收回。

他阴沉着脸无意识地啃咬放在嘴边的指甲。

我扯着嘴冷笑："我只想问你一件事，你瞒着我的那些事是不是真的？"

他问都没问我在说什么几乎第一时间就点头。

他早就知道我要问他什么了？

他早就知道了，他甚至连丝毫想要蒙蔽我的隐藏都不曾做。

他就这么直截了当，看都不看一眼，在我心上捅了个大窟窿。

我抑制不住地颤抖，我愤怒地想要跳起来狠狠扇他一巴掌。

我咬牙切齿地问："什么时候的事，是不是我妈说了你什么？"

他皱着眉不理我。

我继续问："你记不记得我在机场跟你说过的，除了我的话，其他人的话都不要听，你告诉我这是你真心做的事吗？还是你只是因为我不在身边所以想找新鲜感？"

他面无表情甚至带着一丝冷峻的意味，分毫的愧疚都不曾在他脸上显露。

我觉得胸口像被抽骨扒筋一般痛得喘不过气。

我揪住自己的头发，恶狠狠地看他：“为什么要这么做？告诉我原因。”沢言伸手把手机掏出来打字，他丝毫不在意地递到我面前：“我觉得我们这样好累，我好烦。”

我看着那几行字再也忍不住哽咽着问：“所以呢？所以你找别人了？找别人就不累了？”

他抿着嘴低头再写：“这是别人介绍的，相亲，她是聋哑人，门当户对挺好的，我不想和你继续了，我不想每天为了你烦心。”

我看着那几行字再说不出话来。

眼泪噼里啪啦地砸在我手心，我麻木地擦着它们。

过了很久我站起身背对他，我听到自己说：“沢言，我在火车上站了十几个小时，昨晚在你楼下也站了好几个小时。原来，一个人等一个人是这种感觉，我欠你的这次都算还给你了。至于你，不欠我什么。刘沢言再见。”

我迎着冷冽的寒风往前走，我听见有人在哭泣，但我无暇顾及，我只是一遍又一遍地告诫自己，这辈子，我再也不想喜欢任何人了。

我孤孤单单一个人来，孤孤单单一人坐上返程的火车，永远没法想象一个女孩子躲在又脏又臭的厕所里号啕大哭的样子，那样子应该糟糕透了吧。曾经明明那么努力地追逐那束光，拼尽全力。以为身边的那个人会不离不弃，可有一天他却狠狠地抛下了你。

这几年算什么呢，爱情若是最后能酿成一壶酒，那我们一起酿的那壶，该是多么香醇迷人，可到最后自己一人下肚时，才发现是杯毒酒，毒侵五脏六腑，我却愚蠢至极，心甘情愿饮下。

拾壹

11.1

“如您所愿我们分手了，不要为难他，以后您说的，我都听。”我平静地阐述事实。

电话那头妈妈却沉默，她哑着嗓子低低地说：“可可，妈妈现在好想看看你。”

我挂上电话坐到床上，心里冷漠地想，我还是那个可可，爸妈听话乖巧的可可，按照他们所愿行事的可可。

詹蕾最亲的可可，长大后不会再走丢的可可。

姿雁最爱逗弄的可可，不会再一个劲儿和她斗嘴的可可。

却不再是沢言的可可，不再是他说的“我只有可可”的那个倪可了。

我曾百分百信赖的恋人，毫不在意地将我的心践踏个稀巴烂，完了，他还要告诉我脏了他的脚。

我备受煎熬的内心里是对他满满的恨意，我无法原谅他的背叛。

但纵然是这般挫骨扬灰的恨，却也无法掩盖我依旧喜欢他的心情。

之后我们会遇到不同的人，时光如白驹过隙，我们会忘掉这些一起创造过的回忆，然后各自结婚生子过着各自的生活，在路上遇见了兴许都认不出对方，或者连招呼都懒得打，又或者被问起，只会轻描淡写地说到只是前恋人中的其中一个，终究是抵不过时间的考验的。

可是即使是这样，即使是这样，我却还是不想忘记他啊，我那么那么喜欢他。我要怎么接受这样的结局呢？我这样喜欢他。

11.2

整个冬天快过去了，我都没有再见过沢言。

偶尔我会梦到他。

梦里他还是那年我们初见时夏日里的样子。

我坐在花坛边看着草丛里掉落的叶片儿发呆，有人向我走来，我听到他问：“你在等谁？”

我看不清他的样子。可是他明明就在我眼前。

他又在问了。

他问我："可可，你在等谁？你为什么哭？"

我伸手抱住头，我想不起来。

我傻傻呆呆地说："这里我来过的。你是谁？杨冬？你是杨冬吗？"

他又走近，模模糊糊的，我依旧看不清他的样子，我听到他说："你看看我是谁？"

这次我看清楚了他的样子。

我听到自己颤抖的声音："你为什么在这里？"

他蹲下身捧着我的脸，深邃的瞳仁静静地看我，他说："我在等你啊。"

醒来的时候，屋外正在下雨，乌云密布的天空笼罩着整个城市，一切都是灰色的。

我推开窗，雨水飘落在脸上，带着措手不及的寒意。

我养的花再次枯萎。

娇弱的花还是未能存活。

你忘记浇水，它会凋谢。

你过度保护，它便会被你毁灭。

似乎就如人与人之间的感情一样。

门被推开，戴维从我身后走近，他是实习期带我的师傅，为人相当随和风趣。

偶尔加班的午夜，他会和我分享自己曾经奋斗的故事。

很多时候我会听得津津有味而错过末班车，久而久之他自告奋勇地成了我的专车“司机”。

大概是我将自己的过去封存在了那段不想回首的时光里。

所以我尤其喜欢听他讲关于他的过去。

充满无限怀念和眷恋。

我偶尔会觉得羡慕，想着“真好啊”这样的字句。

“打扰你午休了？”

他的声音温柔又云淡风轻。

“我醒来一段时间了。”

他敛了下眉，透着关心的语气：“你还好吧？”

我苦笑：“还行。”

他听得皱了眉，走过来握着我肩膀：“倪可，没关系吗？”他叹气，“你人在这里，可你心不在这里。”

我像被他捏住了痛觉，垂下眼睛。

“什么都写在脸上呢。可可，会好的。”他伸过手，在我手上握了一下，“都会好起来的。”

我低头，笑容苦涩：“尽管学着去习惯生活中已经缺少了那个人，可是心里那块属于他的地方还是塞得满满的，要怎样把他拿出来呢？”

短暂的沉默后，戴维叹口气说：“年轻的时候感情还在就好好珍惜，不要把时间花费在无用的事情上，争吵、猜疑这些都是离间爱情的利器。”他转过头避开我的视线看着窗外车水马龙，“我曾经有个谈了十年的女友，差不多血气方刚、风华正茂的时候都和她在一起，我们车啊房啊都买好了，只等着凑钱过日子，最后我们分开了，可能说给别人听别人觉得可惜，可是其实这是很普通的事，生活中每天都会发生这种类似的剧情，别人觉得我们没缘分，等了这么多年却没走到最后，可是只有我们知道，是我们的心变远了。人呢，有时候心靠得太近，反而会变得自以为是，变得以为很懂对方，而拿着这种借口开始忽略对方，时间久了，你会觉得对方可有可无。等分开的时候你才会发现，可有可无的那个人早就成了你的习惯，那个习惯会随着日子逐渐消失，但是再不会有第二个人让你觉得那明明可能是个该改掉的习惯，你却不愿意改掉。”

他停下来，伸手掏出口袋里的香烟，云雾缭绕里我看不清他的表情，朦胧中似乎他嘴角泛着浅浅淡淡的笑，他喑哑地继续：“人呢，就是这样子，一辈子永远只会对一个人用情至深，而最后和你共度一辈子的却未必是最爱的那个。”他终于转头看我，“可可，你还年轻得很，会遇到许多人，如果怕受伤就不要对一个人用情太深，那个人值得你爱，却离开了你，你会很伤心，那个人不值得你爱，离开了你，你会更伤心，走了的就别计较了，人生很短的，都用来计较这个就会错过下一个。那个愿意留下来待着的，绕了一大圈还是会走到原来那个地方，所以呢，其实是很简单的事。”

我靠着窗，雨滴飘落进来，染湿了我的衣袖，我深深吸了口气，突然觉得浑身舒畅，不知道为什么这么久以来的难过也好，痛苦也好，好像因为戴维的这些话慢慢消失不见了，总有一个人让我用情至深，他走了，可我知道他曾经来过。

所以，沢言你回头，还是走远，好像变得不那么重要了。我知道你来过就好。

11.3

在戴维与我谈话过后的一星期，我的实习期正式结束了。

走的时候戴维送我去火车站，买了很多水果和零食，不知为什么看到他提着满满一袋子我心里泛起微弱的忧愁，我想到那次沢言也是提着这些在公司楼下等我。

那些他买给我的东西我舍不得吃，一直留着，以致后来全坏掉了，我蓦地就想到曾经看过的一本书。

书里写的那位主角从小生活在孤儿院里，有一天他们的院长给他们做了虾子，他们很少能吃到这么丰盛的食物，于是小小的主角舍不得下咽，他把它含在嘴里，第二天醒来的时候虾子已经坏掉了，他只吃到满嘴的苦涩。

“饿不饿？”戴维递来一个洗过的水果轻声问我。

我摇头。

他伸出手把水果放在我的手心里，还是温温润润的语气：

"快吃吧，一会儿要饿着了。"

我拒绝不了。

新鲜清甜的味道，却因为和着我的泪而变得有些苦涩。

戴维坐在一边默默伸手摸我的头："哭什么？"

我咀嚼着不说话。

他突然就笑起来，凑到我眼前打趣道："这么舍不得我啊，要不留下来？"

我被他逗笑了，我握着水果抿起嘴看他。

他靠着椅背，手心摩擦着膝盖，十分随性的样子："想我了就毕业了过来呗，师傅还罩着你。伤心个什么劲儿，又不是再也见不到了。"他歪着头一副滑稽的模样眯着眼看我，"人之间的情谊不是靠见面与否，是否待在一块儿决定的。有些人之间，即使隔着天南地北，很多年不见，心里对对方有情谊，这情谊就不会断，见面也不会尴尬，就像每天待在一块一样，有些人之间的情谊很淡薄，天天见面也没话聊。懂了没？"

我点头含着泪看他："戴维哥，一直以来我都很谢谢你，我不会说感谢的话，但心里是真心感谢你的，无论哪一方面，我都从你身上学了很多，我不会忘了你。"

他弯起嘴角，笑得轻轻柔柔："不管今后怎样都要好好过，难受就找我，我在呢。"

上车时，戴维走过来握住我的手，"可可，好好的啊。"

我最终还是忍不住掉下泪来。

他拍拍我的手臂笑着和我告别：“快走吧，我最见不得女人哭，烦死啦，快走快走。”

我上了火车隔着窗子看到他跟我招招手，背过身走了。

即使过了很久，我还是记得那个身影。

那个在我最难的时候，安慰我的，有着宽阔臂膀的戴维。

那个站在窗边和我一起看雨，温柔地对我说，一切都会好起来的戴维。

11.4

妈妈做了一大桌我喜欢的菜迎接我。

我夹着菜笑着听爸妈诉说我不在时他们遇到的趣事。

一切好像和从前无异。

似乎过往的种种只是我做过的一个梦。

醒后“所有”都重回了它的原位。

我依旧会偶尔梦到他。

可我不再哭了。

有时我会梦到我们曾经旅行时走过的那条小桥。

他隔着一段距离在桥头看我。

我靠着桥沿问他：“你还记得在这里你在我手心里写的字吗？”

他很多时候都是沉默。

我看着手心很久也默不作声。

最后我似乎听到自己在说："我也快忘了。"

晚上快入睡时，妈妈来到我房间里，她坐在床边抚摩我的脸："可可怎么瘦了这么多？"

我盖住她手心轻轻磨蹭："我已经长大了，到了该出去闯的时候了，不能像小时候那样当温室里的花朵，年轻的时候辛苦一点儿没关系的，年轻时努力，才能有未来对不对？"

妈妈喃喃地说："你……懂事很多。"

我闭上眼握着她的手："这样不好吗？"

妈妈低头不语。

过了一会儿，我有些困倦地躺下，妈妈帮我掖好被子，低头吻了吻我的脸颊，长大后妈妈很少这样亲密地吻我了，我知道此时此刻她百感交集的心情，我大概宽慰不了她，所以我只能在她帮我关上灯时轻轻说："妈妈，我很爱你。"

模模糊糊的，我听到她讲："可可，我们都知道你心里不舒坦，你别怪我们。"

我蜷缩起身子，低声回答："我知道的，你们是我最亲的人。"

"妈妈知道委屈你俩了，但是你要知道，人这一辈子不是所有事都能如自己意，很多无奈，你要学着面对，勇敢，因为你没法预测以后，而很多事很无奈的，人的言论很可怕，那些言论我和你爸千倍万倍都愿意帮你担着，但我们舍不得你一个人扛，你爸爸多疼爱你，妈妈也是，我们是真的哪怕一丁点的苦都不想你尝，你如果跟着他流言蜚语无处不在，你就算不去听，总有扛不住的一天，我们不想你后悔。你还那么小，明白吗？”

妈妈静静地关上门。

我看着昏暗的墙壁，上面影影绰绰还残留着屋外的倒影。

我很想吐露现在内心的话给他们，但我知道它已经失去了原本存在的意义。

我曾一遍遍想要告诉他们：“你们为我好，我都懂，可是这个世上没人是我，所以谁能设身处地地感受我的感受，有些事就是害怕、忌惮所以没做就放弃了，没看到结局永远不知道什么样子，不尝试怎么知道值不值得，即使不值得，至少你尝试过，而不会过了很久当想起来时会觉得后悔，会埋怨自己以前怎么不试试呢？”

最近我很少想到过往了。

大多是在梦里支离破碎的回忆。

我困乏地闭上眼。

时间好像就在我闭眼之间被轻易拨动。

这次我看到了宋毅。

我在楼道里等姿雁。

他和朋友躲在长长而空旷的楼道里抽烟。

我背过身去不看他，我没有想对他说的话。

恍惚间有什么扔在了我身上，我回头，依稀能看到他和朋友笑着走了。

姿雁从我身后出现，她大发雷霆地在叫嚣："谁这么缺德把烟蒂扔你衣服上，还是没灭的！"

我睁开眼，比任何时候都清醒。

我知道这不是梦，这是我的过往。

这是我小心翼翼藏起来、不愿让人看到的过往。

那之后呢？

之后是怎样的？

记忆中快到教室时，我看到了沢言，他靠在教室的木门边。

我问他："你在这里干什么呢？"

他告诉我说："等你。"

那一刻好像受的委屈变得一点也不重要了。

那时我告诉自己也许以后我们会受到很多委屈，可是他一直在，在等我，在我身边，那么原本一人承受的变成两人分担，好像也变得没那么难了。

11.5

我告诉了姿雁我和沢言分手的消息。

她不可置信地询问我原因。

我只能寡淡地回答她："仅仅只是我们继续不下去了而已，他找到了更适合他的人。"

我们是两个世界的人。

我无法说出这么残忍的独白。

一旦说出口，那就真的全盘否定了我们所有的过往。

我把过往尘封起来，并不是因为怨恨，而是太爱。

我不想一遍遍告诉自己，我已经失去多么深爱的人。

每每想到，都是重来一次的鲜血淋漓。

返校的第二天，我碰到了沢言。

我一眼就在密布的人流中看到了他。

似乎一切都变成了本能一般。

我拉着姿雁往相反的方向走。

我还没想好该用怎样的表情面对他，我还没有足够的勇气看他。

我不想与他对视时再无用地流泪。

11.6

饭吃到一半时，姿雁突然停下来，她瞪大了眼睛看我身后，我顺着她的视线回头。

是沢言，他身旁还站着一个女生。

我迅速回转过身，我抠着发白的指尖恳求：“姿雁，我们走吧，现在就走。”

她愤怒地看着我：“为什么是我们走？该说对不起的人应该是他。”

我睁大了眼看她。

她恶狠狠的语气，可眼神里却带着心疼：“你以为你不说，我就不明白？什么不合适，什么更好的人，都是借口。”

我无力辩驳。

说什么都是苍白的。

姿雁开口叫他：“刘沢言，这里，你过来。”完全是不容拒绝的口气。

我只能低头看自己发白的指尖。

我怕现在说任何一句都是多余，都会让我崩溃。

他们最终走过来了。

他还穿着我给他买的那双藏蓝色球鞋。

我抬头看清了那个女孩，白白净净，相当秀气。

的确是他会喜欢的类型。

的确很合适。

的确……

我再也坐不下去了。

我顾不了姿雁了，起身端着饭盆要走。

沢言却突然拉住我的手。

我愣住，顿了顿，迅速抽回手，我垂着眼看着地面："怎么了？"

他有些着急地拿出手机打字。

我讷讷地瞥了一眼他身旁的女孩，她表情不变反而还带着笑。

我完全无法理解此刻这诡异的气氛。

沢言把手机递过来："好好吃饭。"

看到那几个字我差点冷笑出来。

你管好自己和现女友就好了，现在在现女友面前关心前女友到底算什么事儿？

是要装作分手之后依然是朋友吗？

可是，沢言，即使我心再宽我也做不到。

只是看着你忍住不哭，已经很难了。

你不要再这样逼我了。

我已经努力在适应了。

适应没有你的日子，适应你已经不再喜欢我，适应你离开我这件事。

我维持着之前的姿势，越过他的视线，我不想再待在这个令人窒息的地方，一秒我都待不下去了。

"姿雁，我们走吧，好不好？"我几乎是在恳求她。

姿雁红着眼走过来，她推开沢言，挽住我的手。

他却不依不饶地挡住我。

我再忍受不了。

我甩开他的手，我赤红着双眼："有完没完？到底怎样你才满意？刘沢言，你告诉我？"

他揪着眉、抿着嘴看我，不知道为什么，那刹那我觉得他眼里隐隐似乎有泪光。

就像从前。

就像我们还未曾分开一样，我们闹别扭时他也是这种表情。

我有些恍惚。

我忍不住想要问自己，会不会一切只是个梦，醒来他还在身边，然后紧紧搂住我，亲亲我。

可他现在身边站着的那个女生，明明白白地告诉我，这不是梦，这就是事实。

倪可，你快认清现实吧，快从你那愚蠢的臆想里清醒吧。

我看着他："咱们这个样子有什么意思呢，断就断干净，断了就不要后悔，成年人做每件事都要考虑后果，别做了又后悔，你后悔了不代表其他人就会顺着你的意思重来一遍。刘沢言，给我们彼此都留些尊严吧。"

我推开他，他跟过来。我回转过身，隔着一段距离，几乎哀求地看着他："你到底想怎样？求求你不要再管我。"

他走近，我后退几步，他终于停下来不再试图靠近我，他颤抖着举起手机，我看不清那上面的字，他开始比画，他在说："你乖乖吃饭好不好？"

鼻头溢满酸楚，我不敢眨眼，我只能故作坚强，我只能硬着嗓子说："沢言，你已经失去关心我的资格了。"

他看着我，脸上刹那间褪去了血色变得异常苍白。

下卷

壹

1.1

空气中弥漫着即将毕业的离别意味。大家都在假期前夕收拾可以提前带走的行李。

我独自一人坐在宿舍冰冷的地上收拾。

我的生理期到了。

可坏毛病依旧没有好。

我捂住肚子，极其缓慢的动作。

那股痛，痛得我咬牙，痛得我冷汗直冒。

我实在受不了那种痛，只好靠着一旁的桌子蜷缩着身体趴着休息。

我睡得迷迷糊糊，醒来时已经天黑。

我浑浑噩噩地收拾了一会儿，也不记得到底塞了些什么到行李箱里。

我痛得佝偻着背，拖着行李到校外搭车。

上了车我迷迷糊糊地报了地点就靠着车座休息。

到了开车门时，我突然愣住。

而后竟然控制不住地哭起来。

我流着泪往一边的花坛走。

我坐在花坛边捂着肚子。

眼泪砸在我衣服上晕开了痕迹，像一幅奇异的水墨画。

我心里止不住地笑话自己。

沢言，我是有多喜欢你呢，痛得糊里糊涂了，我第一个报出的地址不是自己家，而是这三年来我最熟悉的地方，你的家。

原来我还是这么舍不得你，我以为改掉坏习惯了，可是无论什么都还是第一个想起你。

那你呢，你会不会偶尔想到我。

知道我们会分开，在机场的时候我就抱你久一点了。

怎么办呢，沢言，可是我们已经不能在一起了。

我再也无法装下去，装作无所谓，没关系。

其实那么有所谓，那么在意。

即使我把过往封存了又怎样。

它还是会在我不经意间提醒我。

它实实在在并且时时刻刻存在着。

我无法逃脱。

风吹得我脸颊麻木。

眼泪被风干，和着刺痛，鲜明地提醒着我。

我掏出手机拨通电话。已经删除的号码，我却早记得滚瓜烂熟。

我再次听到了阔别已久的呼吸声。

平稳有力。

那是我曾最爱的旋律。

我听到自己在叫他的名字。

他在对面急促地敲击着。

我知道他的焦急，他一定很担心却没法问出口。

我忍着酸楚低低地说："没事，我就是心情不好，忍不住打电话给你，你烦了吧，快挂电话吧，下次我再不会打给你了。"

我挂掉电话，蜷着身子握着手机默默流眼泪。

只要一会儿，就一会儿。

让我离他近一些。

只要在有他的地方多待一会儿。

我已经很满足了。

我知道我不能再靠近他了。

那么，最后一次，请让我能和他近一些，待在同一地方。

1.2

我听到一阵急促的跑步声，似乎有人在我面前停下。

我缓慢地抬起头难以置信地仰头看他。

他皱着眉头，居高临下，紧紧盯着我。

我再次把脸埋进膝盖里。

我害怕他写出难听的话。

他蹲下身捧起我的脸，我看到他眼泪顺着眼角流下来，灯光下，一副倔强的样子。

我语无伦次地解释："我有点糊涂了，我也不知道怎么回事儿，我想着回家的，结果到你这儿了。这次算我不对，我自己说的话我自己做不到，你回去吧，我一会儿就走。我，我只是歇歇，我太累了，我想在这儿歇歇，一会儿就好。"

他看着我沉默。

曾经美丽的瞳仁漾满忧愁的情绪。

我揪住头发，我忏悔着："我不会来找你了，我知道你交女朋友了，我不会做伤害别人的事儿，今天是我糊涂了，我一会儿就走。我，我现在就走。"

我颤颤巍巍地起身去拿行李，他突然就伸手按住我的身子。

我仰着头看他，他抬手把连着衣服的帽子给我带上。

我垂下眼说着苍白的谢谢。

他却就在那一瞬间突然弯下身子，捧着被帽子裹住的我的脸，嘴唇凑过来，我看到他湿湿的睫毛，心里想，若是我痛，不管你喜欢我与否，你该是承受着双倍的吧。

那样熟悉的气息，快要接近烫人的温度，我终于还是忍不住用力推开他。

你有女朋友，所以我们这样做等于又伤害了另一个人，我们已经不经意间互相伤害，又伤害了爱我们的人，如果再拖上一个无关紧要的人，我们的回忆就太难看了。

他抬起身子，我们沉默了许久，时间仿佛都被冻住，他最终闷不吭声地拖起我的行李箱往前走，我无言地跟在他身后，看着他隐在黑夜变得单薄的身体想，我们真的回不去了。

他送我回了家。

站在我们曾经约定无数次见面的那个秘密基地里，我垂着眼说："谢谢你，咱们以后见到就当陌生人吧。今天是我的错，我不该去找你的，虽然咱们分手了，可我不怪你，无论今后你和谁在一起，我还是盼着你好的。"

我抬头看他。

他曾载满光亮的眸子此刻暗得让人看不清。

我拿过行李，我无法同他告别。

我不想同他告别。

但是我不得不与他告别。

我咬着唇再不看他，往电梯口走，电话响了，我接通，对面寂静无声。我看着他曾坐过的通道口，轻轻说："沢言再见。"

贰

2.1

假期的最后一次返校是在时隔一星期后。

系部组织的实习总结会议。

我早早地来到教室。

最近我失眠得严重，很多时候睁着眼看着外头一整夜却不觉得疲倦。

我靠着桌沿发呆，想到很多刚入学时有趣的事。

我想到黎扬自认为绝妙的告白方式。

想到那夜他在宿舍楼下摆放的那些蜡烛，和他背着尤克里里号着的歌曲。

他那样直白却固执地恋慕。

很多时候我很羡慕他这样的勇气。

我很久没有见过他了。

他似乎在姿雁恋爱后就变得销声匿迹。

那夜我曾无法理解黑暗下他的心情。

他坐在宽阔的操场上，他面无表情地看着远处。

他说："我不是放弃。她选择了更好的人。那我就远远守着她好了，如果不靠近她，她会觉得开心，我就不再出现在她眼前。能让她开心，是我现在唯一能为喜欢的人做的事了。"

此刻我似乎能够了解他当时的心情。

有人走进来，我回头看，是沢言和那个女生，他们似乎一直形影不离。

就像，就像过去的我们俩。

我和他的眼神不期而遇，他低下头错开视线。相反那个女生却很友好地走过来跟我摆手打招呼。我僵硬着一张脸看着她笑算作回应。

我还没完全准备好，应该怎样面对他们。

她拉着沢言在我前排坐下。

沢言背对着我始终不回头，我看到他掏出手机打游戏。

多么尴尬又令人无措的氛围。

我心上不禁添上几分仓皇感。

那个女生似乎丝毫不在意，侧过身子看我，她嘴唇微张，我靠近想要听清她的话语，她重复了几次后放弃，拿出笔和纸开始写写画画起来，她凑近递给我："真羡慕你们，你们学校好大，很好看。"

我愣了愣，拿过笔字斟句酌："是吗，那你有空多来玩。"

她开始和我在纸上谈起她曾读书的那个地方，说了许多，极其开心，说到我们学校时我从她眼里看出隐隐的期待和羡慕。

不知道为什么，我心里有些许发酸。

上帝赐予你一些东西，也会拿走你一些东西，生命里出现的任何人和事物都需好好珍惜，因为你拥有的可能是很多人求而不得的，你永远无法感同身受，所以我们大概需要学会更感恩和感激。

不久，教室里的人渐渐多起来，有些人很奇怪地看这边。

班上很少一部分人知道我与沢言分手，所以他们无法理解此刻我们三人诡异的位置。

徐波好奇地走过来问："外班的同学？"

我笑着点头："是的"。

徐波弯起嘴角朝她微笑着回到座位上。

女孩把纸递过来问："刚刚他说什么。"

"他说你很漂亮。"我写道。

女孩十分俏皮地朝徐波笑了一下，徐波顿时就红了脸，很不好意思地问："同学你哪个班的，没看到过你啊？"

女孩还看着他，我补充道："她是外校的。"

"哦。"

女孩继续递来纸问："你们在说什么？"

"你如果喜欢我们学校，有空就来找我们玩吧。"

女孩愣了愣收好纸转身坐正身体。

我低下头无意识地拨弄手机，突然有人拍了我一下，我讷讷地抬头看，姿雁瞪着铜铃大的眼睛不可思议地看着我，她小心翼翼凑过来小声问：“唱哪一出啊你们，越看越不懂你们了。你们疯了吗？”

我撇嘴有些无奈：“电视剧不都这么演的？”

她无法苟同地悄声反驳我：“去去去，电视剧里按剧情该出来男二号了好吗？”

我撑起下巴直直地看她。

她有些不自在地扭动身体：“你能不用这眼神瞅我吗，瞅得我发慌，我们不可能的，我名花有主，你要真喜欢我，你得和我家那位公平竞争。”

我忍俊不禁地举起手示意认输。

会议结束时，那个女孩拉住我询问我是否能留下电话。

我沉默了一会儿，还是给她了。

她很开心地同我告别，挨着沢言一起下楼。

姿雁一副完全无法理解的模样，扯着嗓子嚎：“电视里剧情不是这么演的好吗。”我斜眼看着她：“可能剧情反转收视率会高一些？”

她受不了地捶我一拳：“什么和什么！”

下楼时，我接到陌生号码的短信，是个笑脸，我顿了顿不知回什么好也就发了个笑脸。

等到我们走在操场时，我看到了沢言和那个女孩。

她仰着头一边比画，一边笑得很开心，沢言低头望着，嘴角泛着柔和的笑容。

我远远看着他们觉得意外地和谐与温馨。

我心里想着，他们确实很般配，不是因为沢言所说的“门当户对”的般配，而是他们更像一对灵魂伴侣。

无论我有多喜欢沢言，始终无法体会他无声的世界，可是那个女孩能，她可能会比我更爱沢言，更体贴沢言，而沢言再不用那么委屈，像曾经同我在一起时受到原不该受到的伤害。

我一直都知道，沢言和我在一起压力更大，因为太多外界的人、事、物打扰，可是我自私地装作不知道，装作一切都风平浪静。

可他们不同，他们的世界透明干净。

我侧头看姿雁，“你看到他们了吗？”

“嗯。”她答。

“我很羡慕她，却不嫉妒她，她是好人，沢言也是，所以比起其他，他们会更幸福，我以前以为我很懂沢言，其实现在想想并不是那样，我只想着怎么对他好，但从没问过他需不需要，也许沢言要的不是轰轰烈烈或者我的依赖，他要的是一个能够真正陪在他身边，听他‘说话’的人。”我轻声吐露，有股沧海桑田的意味。

“说话的人？”姿雁问。

“对，听他说话的人。不是我们这样的说话，是以他的方式说话，心里的话。”

“你是真心的吗？还是气话？”

我摇头，有几许无可奈何：“执念这种东西是人自己内心滋长出来的，生得出来就可以灭得掉，世上没了谁地球不是照转。”

姿雁一副高深莫测的样子看着我：“哈，所以说你是参透什么了吗？还是幡然悔悟？”

我笑：“我一介凡人还没达到那么高的思想觉悟，不过就是释然了。”

“释然什么？”

“对沢言释然了。”

姿雁撇了一下嘴不再说话。

可我心里想，虽然对沢言释然了，但依然没有对我们的感情释然，也许这需要长久的时间，时间是毒药亦是良药，假若有天我真的对这段感情完全释然，我会感谢上天曾给予了这么一段的美好。若是没有，我也会感谢上天曾让我遇到过这样好的一个男生，所以希望他也能好好的。

2.2

那天晚上，我收到女孩的短信。

“你睡了吗？”她问。

“没有。”我告诉她。

之后她没再回复，我也就那样沉沉地睡着了。

我再次梦到了沢言。

他站在花坛边看我。

我说：“你来了？”

他扬起嘴角，眼神发亮。

阳光洒在他身上，像是镀了层金边，又像是海面，波光荡漾。

他低敛下眸子，倾诉：“我要走了。”

我看了他很久。

最后我听到自己说：“再见了。”

醒来时我发现两条未读短信。

我打开：“那天那个人是你吗？”

“我和沢言在一起时，他说的最多的就是你。他的手机屏保、墙纸都是你。有一次我和他去买奶茶喝，他没问我就直接说了口味，我很感动，觉得他很了解还相当贴心，可是他又立刻向我道歉，他说买习惯了，没好好询问我的意见。他钱包里还塞着你的一寸照，哪里都是你，我根本没法融进沢言。无论哪一方面我都很喜欢他，可是我知道他对我没感情。我不想强求，所以我们协定分手。但尽管这样，我依然觉得我是最适合他的。我羡慕你，但一点儿也不嫉妒你。因为你有我没有的，但我也有你做不到的。”

我看着短信不知道为什么心里隐隐地发酸，我很难过。

也许在别人看来这是一封挑衅的忠告，可我却觉得这是何等真诚的字句。

人就是这样，我羡慕你，你羡慕我，我们相互羡慕着，却不知道自己是最好的，拥有的是最多的。

叁

3.1

黎扬生日的前一晚打来电话。

许久不曾联系，我连他的嗓音都非常怀念。

他有沉稳的声线，有让人觉得风趣的说话方式。

但是那样的黎扬像是很久远的事了。

那晚操场流泪的他，之后总是变得话很少。

有时我会些微想念那个曾经同我躺在草丛间、玩世不恭的他。

那个时候他总是无忧无虑的。

世界在他面前仿佛唾手可得。

虽然那样看起来有些自负。

但我总会被他那洋溢的青春、不羁所感染。增添一些信心。

那个时候的我因为杨冬有些自卑。

他在不经意间带动了我。

成长的代价有时太大。

它让人得到一些，却又在不知不觉中轻易地磨平了人的棱角。

他在电话里说："可可，我明天生日，要来啊。"

"好。"我不假思索地答。

他顿了顿在另一头笑起来："你有没有想我？"

"有啊。"我说。

"我也是，很想你，很想从前。"

他挂掉了电话。

我听着忙音，看向窗外。

春天快要来了。

万物复苏的时刻。

一切都会重新来过。

3.2

我来晚了。

路上塞车耽误了很多时间。

推开门时，他们正玩得愉快，黎扬扯着嗓子在号那首曾给姿雁唱过的歌。

我笑着走进去，很快笑在脸上凝固住。

我看到了坐在角落的沢言。

“你来了啊，哎，可可你书还了吗？”黎扬扔下话筒伸手圈住我肩膀，我歪着头看着他，觉得莫名其妙：“啊，书？”

姿雁走过来拉下黎扬的手，“刚刚黎扬还念叨你呢，问沢言你怎么不和她一起来啊，沢言说你还书去了，你什么书非得今天还啊。”

姿雁没有告诉他们我和沢言已经分手，我一下就懂了，我笑着坐到门边：“啊，有点急，快到期要扣钱的。”

黎扬哧了一声，不甚在意：“看样子书比我重要哦。”他假装生气地皱了下鼻子，“你坐那么远干什么，沢言在这里呢。”

我有些尴尬：“啊，算啦，那里太挤了，你们坐吧。”

周围嘘声一片，阿谀的意味，黎扬扬起嘴角凑近，靠在我耳边：“是不是吵架啦？”他转过头看姿雁，“哎呀好羡慕有人吵架啊，求有一个我喜欢的女人也来和我吵架啊。”

姿雁踹了他一脚翻着白眼回到座位上。

我无奈：“够了够了，别贫嘴了。”

他走过去拿起话筒对着我：“要不要唱歌？”

我摇头：“可别折腾我们这五音不全的了。”

之前我和沢言很少一起去 KTV，原因不言而喻。

这次黎扬生日喊沢言，大概是因为以为我们还在一起。

他一直很支持我和沢言在一起，以前总会想着法子考虑沢言的心情，让他尽可能地融入我们，不会觉得落单。

可今天的场合我还是禁不住担心沢言会不会因此心里不舒服。

我想了一会儿还是起身坐过去。

大家唱歌的唱歌，玩骰子的玩骰子，玩得不亦乐乎。

沢言靠在角落不说话，只是看着我，我笑："你还好吗？"

他不回答只是直直地瞧我。

我被看得有些局促，没话找话聊："你工作怎么样啦？"

"……"

我觉得自讨没趣，于是也就闭口不说了。

黎扬唱了一会儿问："我们玩骰子吧，输了的喝酒啊，躁起来啊各位。"我喝酒会过敏，身上会起红疹子的事，大家都知道。

于是他们很直截了当地把我排除在外，还相当贴心地要为我点果汁。

我觉得难得黎扬生日，没必要搞特殊，于是拒绝："没事啊，不喝太多没关系的，不用特地点一杯，你们让着我点。"

黎扬思索了一会儿撇嘴："好吧，朋友这么多年没看你喝过酒，你第一次算是给我了，哈哈。"说完又转身圈住沢言的肩膀，"你不介意吧？不要生气，我只是言语调戏你家那位，她还是你的。"

沢言垂眼模糊地笑了笑。

黎扬猜拳一直没赢过我。

之前也是。

他不知道我早摸清了他出拳的习惯。

不知道他要是明白那次是我故意输给他的，现在看着我还笑不笑得出来。

“不玩了不玩了，换人，你出老千。”黎扬不满意地推搡我。

他一直在输，喝了好几杯。

一旁的大伙儿幸灾乐祸地起哄。

“换人，不和你玩，沢言来。”

第一回合沢言就输了，我知道他还在吃药，我挡住酒杯：“我替他喝吧，他忌酒的。”

黎扬也不勉强：“算啦，放过你们啦。”

也不知道我还是黎扬说了什么让沢言恼怒的话，沢言推开我把酒一饮而尽。

姿雁愣了愣瞟了我一眼。

黎扬却乐不思蜀，发现新大陆般睁大眼睛：“沢言今天是要雄起啊。”我按住酒杯看沢言，好心劝解：“你别喝了。”

他避开我的视线充耳不闻。

我有些生气，起身坐到门口和徐波聊天，过了一会儿我开门出去想要上洗手间。

空旷的走廊上，布局诡异，有几条分岔路口。我找不着洗手间的方向，走了一会儿始终没有遇到服务员，我只好自己慢慢摸索。

突然有人从身后拉住我的肩膀。

我惊恐地回头。

是沢言。

他恶狠狠地瞪着眼睛，周身充斥着山雨欲来的愤怒。

我很少看到他这个样子，我试图柔声劝说希望他冷静："你怎么了，没事吧？"

他敛下眼不看我，脖子青筋突起，他手指用力拽住我，我不得不跟着他走："你要去哪里，有话在这里说就好了。"

他猛然停下，用力把我推到无人的包厢里，四周黑漆漆的，只有走廊外昏暗的灯光照在门边，我害怕地起身往外头跑，他一把从身后压住我，我动弹不得，我只能紧紧用手拽住门框。

我被压在凹凸的门板上，连呼吸都困难，我哑着嗓子恳求："沢言放开我，你压得我好疼。"

他稍微卸下力，他把我翻转过身，毫无征兆地发狠吻我，我用力推他，心中仓皇，我挣开一些距离，愤怒地骂他："你给我放开，放开，不要碰我！"

他松开一些力道，依旧没有章法地凑过来吻我，我忍不住用脚踢他，他一边躲开，一边发狠地掐着我下巴。

我不动了。

他贴着嘴唇看我。

我冷冷地瞪他："你松不松手？你信不信我从此都不会再

看你一眼？”

他沉默，他捧住我的脸用尽全力亲吻，我隐约感到有血腥的味道。

我放弃挣扎，维持着之前的姿势不动，觉得就像被扔到了冰窖里，浑身冷得彻骨。

心里想，沢言为什么你可以这么肆意妄为呢，想做什么就做什么，不会去考虑别人的感受，糟糕透了。

他终于停下来。

他凑近看我的眼睛，他的眼神里带着细腻的柔情，微微的怅然。

我们僵持着不动。

过了一会儿，他突然抬起我的脸，手指在上面轻柔滑动，我感觉到脸颊上的湿意，接着像是被打开了某处开关似的，湿意越来越多，多到我看不清他的脸，他把吻最终落在我的眼睛上。

我再次睁眼看他时，发觉他原本美丽的瞳仁现在暗淡无光，透着悲伤。

我心中掠过丝丝悲凉。

“你想干什么？你忘记之前说过的话了？人做什么事情都要先想后果，做了决定就不能轻易反悔的，沢言，我之前总说不怪你不怪你，我真的不怪你吗？不，我怪你的，可是我舍不得，我舍不得怪你，我们之前那样好啊，我们都知道会遇到困难的是不是，可是你记不记得是你自己说会等我的，那天你在机场答应过我的，可是，可是你后来做了什么呢？你那样做我可以体谅，尽管我不理解，我以为坚持是两个人的事，但其实只有我一个人，有什么意思呢？”

我看他。

他松手，他退后，他眼里满是卑微的恳求，他双手叠放在一起做道歉的样子。

我依旧无声地凝视着他。

他掏出手机写字，他说：“我后悔了，你原谅我。”

我看着他眼泪落下，可我觉得胸口麻木：“你后悔了，所以就来找我吗？沢言，你一定不知道，火车里又脏又臭的厕所里，我躲着不敢哭出声的时候有多难过。那个时候你哪怕骗骗我也好，可是你没有，你说你烦了，所以我听你的，现在你又说后悔了，我也要听你的吗，这样有什么意思呢？”

他祈求地摇头，他抱住头蹲下，他眼神痛苦，他希望得到救赎，他只能像只受伤的小兽发出悲鸣。

我看着他，我说不出话。

我听到心脏波涛汹涌般起伏着，跳动着，那声音大得疼得我耳膜都要撑破。

他泪流满面地站起来将我困住。

他浑身颤抖。

他揪着自己的头发像是犯了十恶不赦的罪用力往外拽。

我伸手想要碰他，可最后还是默默地把我放到身后。

“如果你现在真心为我想，你就放开我，你好好冷静下来想想你今天做的。你以前不是这个样子的。我们不是小孩子，吵架了过两秒就忘了。我们已经长大了。我不怪你，不管是谁的错。只求你别再这样让我伤心了，我现在回忆起我们的过往都觉得变难看了。”

我抿住嘴唇，说不出余下的话。到底为什么我们变成这个样子？之前我们明明那样好，那样努力，只要我们再坚持一点，再努力一点，我们是不是就会变得更好？

在混沌的玄关停留，我看着沢言的瞳仁，仿佛黑夜里被雾霭遮住的星辰，暗淡得让人心碎。

他眼里沉着隐隐波光，呼吸沉重。

我忍不住温和地叫他的名字，他眼泪刹那间就掉了下来。

他低头把手机举到我眼前：“你笑一下。”

我抿着嘴：“我笑不出来。”

他凑近，面带哀求：“为什么你可以对他们笑，就不能对我笑？你对所有男孩子都笑了，你那么讨厌我吗？求求你，看看我好不好？”

“我已经把所有感情都付给你了，沢言，现在我什么都不剩了，你为什么还要求我呢？”我低喃。

他怔了一下，渐渐流露出绝望的神色。

我推开他，他没有施力，被我推得踉踉跄跄退了好几步，我走出去，他跟出来拉我的手，“你以前只对我笑，你对别人笑，我受不了，求求你。不要不理我。”

我掩住脸。

我想，沢言，原本我们可以很好的，为什么现在你却为了笑不笑这样小的事来求我。我本来想和你在一起笑一辈子的，是你不要的。沢言，我真难过。

3.3

我回到包厢。

姿雁喝多了。

她瞅着我说话含混不清，有一句，没一句的。

她在说：“可可，怎么办，你要怎么办呢？”

她在说：“黎扬，对不起，对不起。”

黎扬坐在她身边。

眸子里映着她的倒影。

从不曾看到过的温柔。

大家还在兴致勃勃地打闹着。

明明是这么热闹的气氛，我却觉得一切都静止了。

我像是在看一部久远的慢动作片。

我看着他们嘴唇一张一合，他们脸部肌肉摆动着。

黎扬凑近了，姿雁的头顺着沙发靠背滑动到他的肩膀。

我看到黎扬嘴角露出浅浅淡淡的微笑。

小心翼翼、害怕打扰的模样。

我闭着眼无比困倦。

凌晨的夜晚，依旧寒冷，一阵风吹来，我倒抽了一口气。

黎扬喝得烂醉，几个男生拽着他才不至于躺下。

他嘴里还含含糊糊地叫着姿雁的名字。

我和沢言扶着喝得踉跄的姿雁在路边等车。

送她到家出来时已经是深夜。

我和沢言沉默地一同走在路上。

风不断迎面吹来，带着刺骨的寒冷，却让人清醒了不少。

夜灯衬出我们的身影，我侧头看他，他瘦了一些。

不知道是不是喝了酒的缘故，人似乎变得有点脆弱，我哑着嗓子说："你按时吃药了吗？"

他摇头。

"为什么不按时吃药？忘了吗？"

他抿着唇。

"你自己要记得。"

他停下脚步掏出手机，他告诉我："你不在没人提醒。"

我看向前方不说话，只是往前走，他收回手机跟着我，有点伤心的样子。

我叹口气，由衷地说："沢言我以前真的很喜欢你，我总觉得喜欢你喜欢得不够，花双倍的力气去喜欢。我现在也还喜欢你，但是我不能再双倍去喜欢你了。”

之后我们一直走，走了很远的路，一路无话，却难得享受这宁静，原来我们还在一起的时候，都是我叽叽喳喳，沢言只是笑。现在不交谈，其实也有特别的感受。

走了一会儿觉得身上很痒，我知道这是过敏的症状。

他也发现了，他示意要去找 24 小时的小药店，可是很晚了，这里又比较偏僻，我摇手作罢："回家吧。这里车很少，我们乘同一辆吧，你也省去时间不用等太久。"

他同意了我的想法。

好不容易等到车，我告诉司机沢言家的地址。

我不知道如果他先送我回来他到底会不会再回去，我害怕他又在楼下坐一夜，沢言就是这样的温暖又敏感。

即使分开了，我依旧心疼他。

他看了我一眼。我伸出手拍拍他的膝盖，避开放在上面的手。

"先送你回家吧。"

他靠着座椅不说话。

我觉得身上很痒，忍不住伸手去挠，他默默伸手过来帮忙，我侧头看他，没有拒绝。

如果这是他最后的温柔。

我会成全他。

到了的时候，他过来牵我手用力往外拉，我看着他，他不肯松手，司机问："走不走？"

我心里恍然，如果这次我妥协就再没回头路，再不能后悔了。

我缩回手，他无声无息地又跟着坐进来，司机莫名其妙地看我们，我不想再和他纠缠，我沉默地下车。

我跟在他身后，心里止不住地嘲笑自己，看吧，你又心软了，你肯定会后悔的。

我不肯再跟着他进屋，我站在他家的玄关，仰着头面无表情地看他："你想说什么？说完我就要走了。我们不能再这样了。"

沢言打字说："这里还是和以前一样的。"

"嗯。"我低声。

"我也一样，请你原谅我。"他眼带恳求。

不一样的，沢言。

我想说。

你已经有一个可以和你在一起的、真正的灵魂伴侣了。

你总觉得我跟着你会受苦，其实我觉得你跟着我才会受委屈，我们不做情人，可以做一辈子朋友，你结婚了，我去给你凑份子，你生小宝宝了，我想当他干妈，会放在心尖上疼。

原本这些是我们可以做的，但之后你会和别人完成。可我不会埋怨，我会祝福，我也会有点遗憾，但正如爸爸妈妈说的，人生不是所有事都能如愿的。

我蹲坐在玄关的地板上，我不知道还能说什么才能让他明白，才能让他死心。我只能无意识地抓挠身上发痒的地方。他伸手阻止我，他递来手机：“你指甲有细菌的。忍一忍。”

我沮丧地不想理他，只是一味地抓挠，兴许是太过用力，连指甲上都泛着淡淡的血迹，他着急地让我停手，他再次递来手机：“我没留指甲，我帮你吧，你太用力会留疤痕的，听话好不好？”

我顿了顿，最终停顿下来。

我不想和他拿乔，我现在十分疲倦，我只想喝杯热水，洗个热水澡睡觉。

他靠近，呼吸变得急促，吹打在我的脖颈，让我不自觉打了一个激灵，他的手轻轻在我肌肤上扫荡，我舒服得昏昏沉沉，仿佛回到我们还没分开的时候，我卸下力气，软软地垂着身体，过了一会儿，原本抓挠的手突然停顿下来，我还未来得及反应，衣服蓦地被掀起来，我来不及动弹，就感觉有温温热热的东西碰到皮肤上。

那温温热热的触感贴上皮肤，我回头看，是他在吻我的背，眼里是疼惜的神情，我心里漾满酸意，我咬牙用力推开他。

“你在干什么？”我质问。

他依旧固执地凑上来。

我伸手挡住，我盯着他的眼睛冷冷地说：“沢言无论你做什么都没有用，到此为止。”

他面无血色地看我，他眼中的仓皇显露无遗。

我看着他，吞下自己想要诉说的话。

沢言，是你在最应该坚持的时候逃跑了，我以为无论怎样你都会坚持，我原以为逃跑的会是自己，可最后勇敢的只有我一人。你现在做这些有什么用呢？我都能想通，你这么聪明，也一定懂，却在装不懂，我要的不是你的后悔，我一直想要的是你的坚持，可是你不愿意给我。

我站起来穿好衣服，他眼巴巴地跟着我，我拉开他想要靠近我的手，“我要回家了，咱们该说清的都说清了。”

他没完没了地摇头，伸出手试图拦住我。

我瞪着他用力地推开他，“让开。”

他不肯，强硬地想要拥抱我。

我冷淡地睨着他，我不想再同他纠缠，我觉得自己已经疲倦不堪了，瞧瞧，与他分开后我都是过的什么日子，哪怕有一天是舒坦的吗？被过去翻来覆去困住的只有我，沢言就像成了一个诅咒，他主宰了我的爱恨，他成了我的求不得、舍不得、放不下。

我崩溃地后退几步：“很晚了，我爸妈会担心。我要回家。”

我说不出余下的话了。

我觉得心力交瘁。

他高大的身体拦住我的去路，摆明了耍无赖的样子，眼角却发红而倔强得不行，我看着就心软了，沢言我知道你的难过，但谁来体会我的难过。

爱情有时候就是绝对的，经不起你一变再变，今天你不能下决心，那么以后你还是会变，你松开我手的难过，我已经没信心再经历一次，向来都是以你的决定来定结局，这次也是一样。

我嘴里喃喃："沢言你不能这样，你听没听过书上的一个故事，有个农夫在院子里被蛇咬伤了拇指，于是他砍断了蛇的尾巴，他们终日在一个地方生活却相互防范，有天农夫对蛇说咱们和好吧。你猜蛇怎么说？"

我话未落，他开始变得暴躁，他起身恶狠狠地压住我身体，我逃脱不得，他脸贴着我，眼里的泪水滴在我额头上。

他赤红着眼，嘴里呜呜作响，我感到害怕，这晚的他情绪起伏太大，是我从没看见过的，我不知道他会做什么，也可能是他之前找了新女友的原因，我觉得没法再轻易信任他了。

我只能强撑着冷着脸说："你清醒点，别再做让我们都伤心的事。"

他伸手捂住我的嘴，摆明不想再继续听下去，他起身拽住我，我被他的蛮力拖着跟跄着膝行好几步，他发狠地把我按在沙发里不准我挣扎，凑过来就要吻我，我急得大叫："放开！你敢！你敢再碰我！"似乎是被我的嘶吼吓到，他松了力拉开一些距离，我气得吭哧吭哧地喘气，看着他眼睛厉声说：

“你知道那蛇说什么吗？那条蛇说：‘我们不能和好，因为你看到我就会想到你手上的疤痕，我看到你就会想到自己断掉的尾巴。’我们就是农夫和那条蛇。所以道歉没有用。后悔没有用。放开我，放开我。”

他停下来，颤抖着，过了一会儿，我感觉有水珠滴在自己脸上，我面无表情地看着他，感觉那水珠像是汇成了小溪越滴越多。

我心里想说的那句话几乎就要脱口而出，却拼命忍住。

我想说，沢言我要的是你的坚持，要你一直一直不会再反悔的坚持，我不告诉你，我等着你自己想明白，这次我再赌一把，你别再让我失望。

3.4

沢言的泪顺着下巴汇集，像夏天的雨滴，滴在皮肤上，滚烫。

我想到还是恋人时，沢言打完球回来，我递水给他，他仰头喝水的时候，下巴上的汗水顺着喉结滑到锁骨里，差不多的角度，我当时想，他那好看的样子谁都能看到，可只有我一个人可以看一辈子。

此刻，沢言流泪的样子我也看过，却不知道是不是再独属于我一人。

他把头靠过来藏在我颈窝里，我觉得热热的、湿湿的，说不出话。

过了很久，他不再哭了。我抚摩着他的脊背轻轻地说：“我要回去了。”

他坐起来松开手，擦擦眼睛，绯红的眼睛看着我，我摸摸他的脸。

他跟在我身后，我打开门他想和我一起走，我阻止他：“这次让我自己回家。”

他坚决摇头。

他固执地不听我的请求，他把我送到电梯口，我转身握住他的手：“如果你真对我还有情谊就别送了。你很久没打过电话给我，我下楼的时候你打个电话给我吧，就算你送过我了好不好？”

他怔忪，而后轻轻点头。

电梯到了，他拉住我，凑过来飞快地吻了吻我额头。

我不看他走进去按上关闭键。

门关上，遮住了湿意的眸子。

我抚摩刚刚被亲到的额头，仿佛还带着他的温度。

电话响了，浅浅的呼吸。

他始终没有挂机。

一路上我听着他的呼吸声和偶尔的敲击声，内心溢满酸楚。

我缩在车后座，觉得五脏六腑都在痛。

还在念书时，他第一次打给我。

在宿舍走廊上，他想要告别，我走出去看他，他抿着嘴离开。

第二次同样告别的电话，我站在宿舍走廊上看着楼下的他好久好久。

我哽咽："沢言你在听吗？"

电话里有敲击声。

我说："你记不记得你第一次说再见的那次，还有之后的？"我靠着车椅看着窗外飞驰的风景，"那个时候我就很喜欢很喜欢你，后来也是，我一直想的都是一辈子，在机场那次也没改变过。我一直以为你也是这么想的，但现在我发现其实我并不知道你的想法。人生会遇到许多磨炼和坎坷，因为那样才体会得到生活的不易，才会更珍惜每一天。不能遇到磨难就逃避，那样失去的东西会更多。"

他沉默不语，我挂掉电话。

我多想问问沢言。

这些道理你是因为懂才害怕，还是因为害怕所以不想去懂。

肆

4.1

我很喜欢圣经里的一段话。

爱是恒久忍耐，又有恩慈；爱是不嫉妒，爱是不自夸，不张狂，不做害羞的事，不求自己的益处，不轻易发怒，不计算人的恶，不喜欢不义，只喜欢真理；凡事包容，凡事相信，凡事盼望，凡事忍耐。爱是永不止息。

那晚我重新翻阅了这一段。

看了无数遍。

直到我眼睛闭上，这些字句还在脑海中跳跃。

那晚之后，

我再未梦到过沢言。

4.2

这年的冬天好像是个暖冬，比以往任何一年都要暖和，没有彻骨的冷，没有凛冽的风，道路上化为积水般的雪很短的时间就消散开去，让人来不及好好看它的样子。

往年的冬天沢言总会把我的手揣进他大大的口袋，我轻轻用指尖摸一摸就能感觉到他分明而修长的骨节，总是带着独属于他的热热的温度。

夜晚回家的时候，他会在车站用手捂着我的脸，让我不会因为寒风而吹得脸颊通红，拥挤的车厢里，如果恰逢我没有摘下连衣的帽子，他会偷偷凑过来亲亲我的脸，没人发现，他会带着窃喜的笑，如果我主动吻他，他会更开心，人多的时候会脸红。我唠叨的时候从来不会觉得啰唆，反而是面带笑容。我生气的时候他会着急，会皱着眉会抿着嘴，会给我道歉。偶尔也会撒娇。当然虽然他看起来很内敛很成熟，其实有时候却很冲动，做了决定会很难改变。他是个对亲近的人很贴心的人，是个对外人很小心翼翼有些防范的人。

他记忆力不太好，所以会花双倍时间去学习，会背书背到半夜，会因为记不住，每次复习写满一个笔记本。他是个会努力学习，工作，复健发音的人。他每天早晨站在阳台上练习发音，有新的突破进步，如果我在睡，他不会吵醒我，等我醒来，会发现他坐在地板上，身子俯在我床边看着我笑。

他喜欢吃甜的，任何甜的东西都要去尝尝。会做饭，一个人的时候却只吃面或者叫外卖，我去的时候却会专门做。

一个人睡的时候他喜欢把手放在胸口，所以会做噩梦，做噩梦醒来的时候会跑到我房里抱着我。

如果和我一起睡，喜欢从身后搂着我，喜欢轻轻吻我的脖子。喜欢在我手心写字，却从不会轻易说那三个字。

有足够的耐心，没有足够的自信。

许许多多。会傻得可爱，固执得可爱。却因为太想保护别人，而让爱的人会难过。

在爱的人面前会忍不住偷偷落泪，却一副倔强的样子不让我看轻。

狠心的时候让人心寒。

却从不会狠心到底。

许许多多的回忆和他的习惯，只有我知道。

人生是场孤独的旅行，也是场华丽的冒险。

4.3

我去了临近的另一座城市。

詹蕾也陪着我一同来了。

她提议要散心，于是在征求到父母同意的第二天，我们启程来到了这里。

一切似乎又是新的开始。

我们找到了一份新工作。

就像回到了读高中时。

我们能每天乐颠颠地一同去公司，下班的午后能够一道回家。

肆无忌惮地闲聊，或是愉快地做着白日梦畅想未来。

我们唯独避开感情，不再提起。

我们都知道，一个人为另一个人敞开心扉需要时间。想要再次相信相同的人更要花双倍的时间。

当对一个人念念不忘的时候，看谁都会试图去找自己心里那人的影子。忘掉一些人和事物需要时间，而对于曾经那样喜欢的人更是需要花费长久的心力。

之后，黎辉来找过詹蕾一次。

那次黎辉的母亲知晓了，告诫他如果再见詹蕾就和他断绝母子关系。可他还是偷偷来了。

因为路上堵车他错过了班机，只好去买火车票，到的时候打詹蕾的电话，詹蕾不肯见他，他就一直等一直等。

詹蕾最后心软，下楼见他。

她问黎辉："为什么回来？"

黎辉有些难过地撇过头，詹蕾听见他说："回去之前一直没有好好带你出去玩过，我想带你好好出去玩一次。"

詹蕾最终拒绝了他的邀请。

我看着躺在我膝上向我吐露这一切的詹蕾。

她不再像开始那样，提起就会哽咽，会流泪，最近她似乎越来越坚强了，像是在说着别人的故事。

“为什么拒绝他？”我问。

她闭着眼抚摩我搭在她脸颊旁的手心，轻柔得似快要睡去的语气：“对于相互喜欢的人，所谓的一起玩做纪念都是自欺欺人，相反得到的不是安慰，更多的是痛苦和不甘，我已经知道我们不能在一起了，而我们再去创造回忆，那一想到以后再创造不了，就会更难过，更耿耿于怀，这样有什么意义？”

我玩弄起她耳边的头发不语。

“如果沢言来找你，你会原谅他吗？”她问。

我想了很久，说：“兴许我曾怪过他，但却不存在原不原谅他，其实到现在我依然觉得我们之间并不是因为感情破裂，而是太多现实、世俗，让我们不得不去做我们不想做的事。”我敛下眸子，看詹蕾明亮的眼睛，“我从来要的不是他的歉意，而是他的坚持，一直坚持不会再放弃的信念。感情的事总是一个人坚持有什么用，只有两个人都始终如一才是最好的。”

詹蕾闭上眼，轻轻笑了。

4.4

半个月后的一个黄昏。

我遇到了沢言。

他坐在大堂的沙发上，背着黑色的书包，戴着那块我们一起看过的机械腕表。

我丝毫不觉得意外，我看着身旁的詹蕾问："你告诉他的？"

她挑眉不置可否："说了一点儿，没说全部，说了全部就不够诚意了。"我哼笑："你是说他现在够诚意？你不是说不要创造记忆吗？"

她撇下嘴完全不在意我的讽刺，她站在大堂里喊沢言的名字，经过的人回头看她，她一点也不觉得不好意思，反而侧头说："看见没，能肆无忌惮地在大庭广众下叫一个人的名字，这样的机会不是人人都有的。"我看到她眼里泛起一层雾气，我不出声，缓缓伸出手握了一下她的手心。沢言起身朝我们走来。詹蕾侧头朝我微笑，一股想要哭泣的心情油然而生。

我在想，要是能把自己的幸福分一半给詹蕾，让她和那个深爱过的男生在一起就好了。

沢言站到我身边，我避开他深情款款的视线，头也不回地往外走，詹蕾拉住我催促："你们好好谈。谈完买菜回来啊，我可从没吃过刘沢言做过的菜，今儿感受一下。"

我不语，执著地不想停下脚步，他跟在我身后。

过了一会儿他追上我，挡住我的去路，从包里掏出一杯奶茶，封口冒着满满的蒸汽，热腾腾的。

我不接，只是问他："你来干什么？"

他有备而来，从包里拿出卡片，上面写着："对不起，请你原谅我。"我看着他，不露出任何情绪："你除了这个还有别的想说的吗？"

他继续挪动卡片："我知道自己很不应该，请你原谅我。""我只有你，可可。"

"你没有别的说了吗，沢言？"我依旧问他。

他试探着把奶茶递给我，与那年夜灯下如出一辙。

那个从包里掏出奶茶想要哄我开心，却弄湿了书包里课本的男孩，他灿若星辰的眸子注视着我，问我："你不开心吗？"

我那个时候是怎样回答他的？

模糊得我快要记不清。

他的手还伸在我面前，没有收回的意思，我接过，他没有想到，立马露出极为开心的样子。

我走了几步在垃圾箱边停下："你除了道歉还有别的要说的吗？"

他抿着嘴，眉头皱起来。

我把奶茶扔进垃圾箱里，他惊讶地看我，而后露出有点伤心的表情。我忍住心里想要抱他的冲动，拼命告诉自己，忍住忍住，有些事一定要他自己懂，自己去面对，你们，才能有以后。

“你来，我很开心，如果你只是想要道歉，想得到原谅，那你已经得到了，我原谅你了，你回去吧。”我说。

他瞪大了眼睛无法相信的样子，他大概接受不了我如此狠心。

我咬着唇。

沢言，如果不狠心，有些道理你一辈子也不能懂，女孩子的青春其实很短的，终其一生活得再丰富多彩，有再多荣华富贵，她的青春却只能给一人，给了就回不去了，女孩子爱一个人，为一个人付出是需要你们所想象不到的勇气的。可是，因为是爱的人，所以尽管旁人不解，世俗不容，但总有人还是会义无反顾。

我愿意为你义无反顾，可是你需要变成那个更勇敢更值得的人。

我们不再是那个夜灯下你递着奶茶哄我开心，我笑着接过，无忧无虑，校园里天真无邪的小孩子了。

我们会面向社会，面向世界，面向世俗，面向更多艰难险阻。

我们不能害怕就逃跑。

因为，我们都长大了。

“你回去吧。”我催促他。

他拉住我，激动地开始比画，路人都回头看他，猎奇的眼神显露无遗，我握住他手示意他停下："够了，沢言。"我低头看着自己的脚尖，"回去吧，我要回家了。"

我再不看他转身往车站跑。

他没有再追来。

在车上远远地我看到他还怔怔地站在原地。

伍

5.1

詹蕾坐在沙发上："你是不是逼得有点紧了？或者你提醒他一下？"

我仰躺在地毯上："不是逼，如果他不明白这个道理，我们还是会分手，这样循环没有意义，我们的感情只会越磨越失去它本来的意义。我们都不希望有这一天，所以现在受的这些委屈或者痛苦，都是我们应得的，如果这都承受不了，又怎么担负得起以后？"

她靠着沙发良久没有说话。

那天之后，沢言似乎固执地想要扎根在这里。

已经连着半个多月在大堂里坐着等我。

开始的时候是在我下班前来，后来只要早晨我和詹蕾出门就能一眼看到他。

他坐在院子里的小花坛边看我。

面带微笑。

我从不多看他一眼。

他也不气馁。

到了隔天依然会来，然后和我们一起去公司。

保安觉得他形迹诡异，试图赶走他。

他没法说话只好请求詹蕾帮他。

久而久之，公司大堂里的保安都认识他了。

偶尔还会给他泡杯热水，或者坐在他旁边说说话。

到了下午下班的时候，他会像个害怕走丢的小孩子紧紧跟着我们，詹蕾叫他，他就会小心翼翼地看向我们，一副害怕我会开口赶走他的可怜兮兮的模样。

等我们上楼，我走到窗边还能看到他，他看到我就会极为开心地招手然后回去。

每次我都冷着一张脸，也不知道他是怎么坚持下去的。

大概换作别人早就放弃了。

可是他一直没有因为我的不理睬而离开，相反最近他越来越懂得表现他的诚意让我心软。

那天我因为太过疲倦没有去窗边，回家倒头就睡。

晚上吃完饭去晒衣服，我惊讶地发现他还在楼下坐着，我一担心就喊出了他的名字，他看到我就很开心地招手，然后回去了。

我看着他的背影，那一刻终于明白他为什么每次看着我走的时候会打来电话。

孤孤单单的沢言，没法好好告别的沢言，我好想抱抱他，叫叫他的名字。

原来珍惜一个人，是连一点点小举动也会心疼。

他依旧是老样子。

而我却日渐焦躁。

开始丧失了信心。

我在想也许我无论如何也等不到想听到的那些话了。

我开始变得沉默起来。

他似乎发现了。

可因为我不理他，所以他没法宽慰我。

他只能着急地跟在我身后。

日复一日。

一个周五的晚上他终于主动要求同我见面。

我下楼仔细看他，才发现，他真的又瘦了很多。

这段时间我不知道他住在哪里，有没有生病。

他的身体原本就不太好。

他低头打了很久的字。

我并不着急，只是坐在花坛边观察他。

他终于把手机递过来，我看着，泪水毫无征兆地就打湿了屏幕。

“虽然对不起已经说过许多遍，但是我却并不觉得当初分手的选择是错的。我最后悔的是用那样的方法伤害了你，在你毫不知情的情况下。那天阿姨一边哭一边差点跪下来求我，我理解一个母亲爱子的感受，就像我的妈妈可以为了我付出一切，我希望爱一个人不仅爱着她本身，也应当爱着她的所爱，爱着生她育她的父母，我觉得我伤害了阿姨叔叔，我从来不知道原来比起父母不满意子女的对象，更痛的其实是父母为了子女去乞求别人。我很难过。回去的时候我问妈妈为什么会这样，妈妈只是哭着说是我没福气和你在一起，因为攒的福分不够，所以这辈子慢慢攒，下辈子一定有缘会在一起的。我想了很久，觉得与其让你和家人痛苦，不如分开，就当积攒那不够的福分。后来原来的手语老师把她介绍给了我。我觉得你肯定不会同意分手，我懂得你的坚持，为了你，我愿意背个负心汉的罪名。我试过和她交往，可是我觉得我的热情都烧没了，之后我提出中断交往，她答应了。我和她说了关于我们的故事，她说，愿意等我，因为现实本就很残忍。也许我们之间真的没有未来，可是我放不下，无论如何我还是放不下，尽管我一遍遍告诫自己，离开你才是对你最好的选择，可是我做不到。我实在忍不住了偷偷跑到西城来看过你一次，隔着很远的距离，我发现自己那样舍不得，可是没有办法。可可，现实那么难，但是可不可以给我最后一次机会，我们好好过？”

我掩着脸。

我似乎为了沢言，为了我们之间的感情，流过太多太多的泪。

有时我会觉得自己没用，除了流泪，我再不能做什么，唯有坚持，我无法反抗生活里我们所遭遇的种种，但是，坚持，至少能让我看到一丝丝希望。

我怀念第一次同他说话。

蝉鸣的夏日，我蹲坐在花坛边，我渴望得到救赎，我渴望得到挣脱，我为杨冬流泪的时候，沢言在我身边，没有任何话语，却安慰了我。

现在，此时此刻，不会再有人蹲在我身前哄我，因为最应该被安慰的人正静静站在我身边，他心里有多难过呢，他承受、背负着那么多啊，他却无法告诉任何人。我的沢言啊，这是我多么喜欢的沢言啊，他受了这么多苦，我要怎么办，要怎么办呢?

他靠近我慢慢把我搂进怀里。

确定我没有反抗的意思，他加大了力道拥抱我。

这一次他没有掉泪，反而是很坚定的眼神。

我隐隐生出一些希望，我埋在他胸前“你有什么想要对我说的吗？”他把脸扣在我的肩膀里，我搂着他，“你要怎么让我相信你呢，沢言其实我很胆小的，我害怕了，所以这次你告诉我你的心里话好不好？”

他松开手从书包里掏出卡片：“我想和你在一起，一辈子。”

我抽咽着："沢言我一直等着你回来，尽管有时候我觉得你不会回来了，我逼着自己接受我们已经不在一起的事实，可是我那么喜欢你，我想要自己争气一点，沢言你那么好，你为我做了这么多，回忆这种东西向来是你想忘记它，它不愿放过你，沢言你要我怎么相信你？曾经我多喜欢你，就有多伤心，我早就原谅你，不管你做过什么。可是沢言我想要的是你的勇敢和决心，你愿意给我看吗？"

沢言很多时候就如冬日的雪花，一瞬即逝，还没来得及好好欣赏他的美好，就变成水滴，最后蒸发不见，连痕迹都不曾留下，只有看过他的人才懂得他的美好。

他的目光一动不动，静静地与我对望，而后慢慢凑过来带着疼惜亲吻我的眼睛，我闭上眼，他低下头再亲吻我的嘴唇。

过了一会儿，他停下来，从包里掏出一张小小的卡片，上面写："我们回家吧。"

"回哪里？你家吗？"

他摇头，拿过手机打字："你家。"

我听到自己颤抖的声音："我家？"

他点头紧紧拽住我的手，把剩下几个字给我看："我们回家，这是我最想表达的诚意。"

"沢言你快抱抱我。"我说。

他伸手抱住我，我觉得他浑身冰凉，却是这寒冬里最温暖的存在。

5.2

几天后我向公司辞职。

詹蕾听到我们决定回家的消息感动得当场大哭。

自从那次她与黎辉分手后，我再也没看过她这样子。

我知道她是真的很爱我。

像亲人一般对待我。

临走前，我依旧没有劝解成功。

她选择留在这个城市。

之后，听说黎辉又来看过她几次。

于是就这样过了好几年，他们始终都没有找新的恋人。

我总觉得，他们最后还是会在一起的。

回程的车上，沢言让我靠着他睡觉。我想看着他，我已经很久没有好好看他了，他把手机递过来告诉我："醒来就到家了。"接着他伸手捂住了我的眼睛，我忍不住眨了几下，可能让他手心痒，他身体轻微颤抖，我知道他在笑，于是也跟着开心地笑起来，隔着捂住的眼睛，我的唇上被贴上温温热热的触感。

曾无数次梦见他回来，他来到我身边，他哭，他笑，他逃，他跑，他道歉，他承诺，却始终不肯带我走。

现在他就在我身边，他要带我回家。

前方的路是什么样子我仍然不知道。

可是我终于懂得。

原来爱的人最感动你的——不是你跑得有多快，多努力地赶上他与他并肩而行。而是他愿意停下等走得那样缓慢的你，站在那里一直一直等你，明明可以前行，却等你来到他身边。然后你看到他笑的时候才发现他等了你那么久，可你们最终还是肩并肩了。

那天我们到的时候已经很晚，天正下着小雨。

我同沢言回了他家。

回房拿衣服洗澡前，我徘徊在衣柜前迟迟不敢推开。

之前虽然我们分开，但我没有把行李拿走，那个时候我想着没有再来的必要，再来可能是自取其辱，徒增伤感，因为，这里兴许已经换了女主人。

我咬着嘴有些紧张地打开衣柜，里面我的那些衣服整整齐齐地摆放在那里，那样一丝不苟略带强迫症的叠法一看就知道出自沢言之手。我禁不住想偶尔想我的时候，他会不会打开衣柜摸摸这些衣服或者反反复复地叠了一遍又一遍呢？

刚分手那段时间，每天起床还不够清醒的时候，我就会情不自禁地掏出手机问候早安，可是打开通讯录时才发觉那里已经没有沢言的号码。我感慨良多，拿着衣服往浴室里走，正巧看到从里面出来的沢言，看到我，他有些不自然地笑了笑。

我觉得有些奇怪，但是我没有开口问他。

等我来到浴室，瞥到洗漱台上还摆着我的漱口杯和牙刷。

杯子里还有些水珠。

洗完澡我装作不经意地问："那个漱口杯是谁用过吗？"

沢言愣了一下，有些不好意思的样子。

他掏出手机然后递过来："怕有灰尘每天都洗，这样好像你每天都在。"

我走过去低身吻他，他愉快地仰头同我接吻。

最终章

“妈妈我回来了。”

“你回来了？现在已经在东城了吗？什么时候到？想吃什么，妈妈给你做。”接到我的电话，妈妈相当愉快，在电话里问了许多问题。

我也不禁被妈妈的喜悦所感染，说了很多平时不会说的话。

“你开心起来就好，妈妈希望你能开心。”妈妈笑着说。

我顿了顿，在脑子里构想能够试图让妈妈听到接下来的话又不至于暴走的方法。

我字斟句酌，带着讨好：“妈妈，我一会儿就回家，和，和沢言一起回家。”

“……”

原本还很美好的气氛陡然就僵持住，迅速降温。

我大概猜到这样的情形，并没有因此放弃，继续耐心地劝说：“妈妈，我们好好谈谈好不好？”

“你们没断？”妈妈沉着声问。

“嗯。”我答。

良久，妈妈叹息一般地说：“你们过来吧。”

那天我们在秘密基地的小石凳上坐了很久。

我握着沢言的手问：“你想清楚了吗？如果你不想去的话，我们就到这里。”

他眼波如水深深地看着我。

我宽慰他：“再坐坐吧，没关系的。”

他仰着头眯着眼看天空，看了好一会儿又凑过来搂住我，透着浓浓的撒娇的意味。

我靠着他，沉吟一下说：“你，不要忘记你承诺过的话。你答应了我会坚持，所以我希望无论怎样你都是这样，你知道的，我们不是小孩子了，我们也不可能私奔，做让父母伤心的事，我们只能一直努力，求得他们的理解和赞同，但这需要时间和勇气，如果你觉得你会变就算了，我们就到这里，这次的勇敢花完我就再没有剩余的了。你做不做得到？”

他毫不犹豫地重重点头。

妈妈开门时脸色不好，与其说是愤怒，倒不如说是带了些沉重和惆怅。

我向四周看了一眼，发现爸爸不在。

妈妈神情冷淡地坐到客厅沙发上，看都不看我一眼。

她大概认为之前我所说的话，或者表露出的情绪都是在骗她。

我想要解释，不过大概这会儿她是听不进去的，我知道她在强压着怒气，她想为我留几分面子。

我知道妈妈虽然在这件事上态度强硬，但总还是会考虑到一些我的心情。

想到这儿，我已经觉得很满足了，至于余下的，我会和沢言慢慢争取，总会有说服爸妈的那天。

我坐到妈妈身边，语气中带着恳求，希望她能够听进去："妈妈，对不起，我知道你现在很生气，我没有听您的话，但是您可不可以试着了解下沢言，接受我们，只要试一试，如果还是不行，我们就不说了好不好？您一点机会都不给我们，我们不愿意放弃，妈妈，不能和喜欢的人在一起，明明很喜欢装成不喜欢，太难受了，求求您好不好？"

妈妈看向沢言，用一种无法反驳的语气说："我的态度不变，你们不能在一起。可可，无论他有多好，都不可以。你以后要怎么办？妈妈想着就觉得伤心。"

沢言听得一怔，一会儿，僵硬地低头掏出事先准备好的小纸，还未放到妈妈面前，就被妈妈生气地大力用手挥开，妈妈有些急躁地拍了下桌子："没有人想要看你写的东西，你那次怎么答应我的？就是你，你是不是害死可可你才甘心？你什么都给不了她，你为什么要这样子？"

我起身抱着妈妈哀求她："妈妈别说了，求你，冷静一点，我们好好谈好不好，别生气了，你别这样说沢言好不好？”

沢言闷闷地蹲下身子去捡那些小纸条。

“别捡了，我不会看的，出去，离开这里！这里不欢迎你！”妈妈狠狠地瞪着他，声嘶力竭地咆哮。

我白着一张脸，听着妈妈一字一句蹦出的伤人的话，除了恳求，我想不到更好的方法，我低声下气地跪在她脚边，试图这样做让她消气，“妈妈求求你，不要生气。求求你，只给我们一个机会，就一个。”

妈妈愤怒地推开我，额头青筋暴起，她抽着气，手指颤抖地指着我，凌厉的眼睛却溢出泪来：“你好，你好狠，还要我怎样和你说？白养你了，把你带这么大，你和外人一起来气我！”

说到气头上，妈妈伸手就将茶几上的保温杯朝我扔过来，沢言跑过来侧身用手挡了一下，那个杯子正好打在他下巴上，水全洒在他的脸颊和衣服上，被砸到的下巴立刻就红肿起来。

我膝行几步过去，流着泪揽住他，仔细看他的伤口。

妈妈没料想到会真的砸到人，立刻站起来想要看看我们，最后还是坐回了原处。

我知道妈妈虽然嘴上说着生气的话，其实心里软得不行，也绝不是有意想打到我们，现在一定很担心我们，但又很生气。

我用手擦擦沢言的下巴，询问他是不是很痛，他摇摇头挣脱我的怀抱，走到妈妈面前突然就跪了下去。

妈妈愣住，拽着他咬牙叫他起来。

我只觉满满的心酸和难过，眼泪打湿了脸，也走过去想要跪下来，沢言伸手挡住我摇头。

他伸手把拣好的纸条重新递给妈妈，妈妈撇过头不看他，只是手还拽着他的衣服示意他起来，他纹丝不动，只是固执地举着那些纸条。

虽然跪着，可沢言却是挺着直直的腰杆，一点也不窝囊，只有满满的勇敢，可我却觉得心疼得无以复加，这个男孩子为我做了太多了，他把他的疼惜、爱、体贴、温暖、尊严全都给我了，他那么喜欢我。

我们再努力一点，是不是家人、外人、外界、世俗、舆论，就会宽恕和宽容我们一点？

我泪眼模糊地看着沢言头顶的旋儿沉默。

妈妈始终不肯转头看他。

我哽咽着拿过那些纸条："妈妈你不愿看，我读给你听好不好？"

我看着那些纸条，眼泪不住地落下，晕湿了上面的字迹，我磕磕磕巴巴地念着："阿姨真的很对不起，请您别生气。我只有可可。我现在什么也没有，可是以后一定会有。我现在还有很多不足，但是无论怎样我都会替可可挡着。请您相信我。"

我一边读一边哭，妈妈也跟着流起泪来，读到最后一句，我几乎泣不成声，那纸条写着："阿姨您总是担心可可，觉得我不能顾全她，但是我不会让她受伤害，如果哪天真像您说的那样，我不会独活，她就是我的命。没有她，我活不了。”

我再也念不下，我捂着脸痛哭出声，沢言红着眼膝行几步把我紧紧搂在怀里。

这么爱我的沢言。

字字珠玑。

这样地情深意切。

世上再没有如此动听的情话和那样坚忍的勇气了。

那天我和沢言回去时，亦如当年漫天晚霞，那个曾说着只要我不放手他就永远牵着我的男孩，此刻依然紧紧捉着我的手，他掌心的温度滚烫炙热，属于他的温度，永远不曾改变，也许他曾逃跑过一次，但还好，还好他又重新来到我身边，他带着他的坚定、勇敢，无畏无惧地来到我面前，他像是一位骑士，尽管生活中还会遇到挫折磨难，但我相信他会为我披荆斩棘，一直一直走很远的路。

尽管我如此让妈妈伤心，妈妈却还是选择谅解我，谅解沢言，也许在沢言说他不会独活时，又或者是在他跪下的那瞬，抑或是在我身边紧抱着我轻轻吻我、安慰我时，那一刻妈妈虽是无奈、难过，却选择了原谅我们。

那个辛苦养育我、疼惜我的妈妈，流着泪说：“可可我不管你们的事了，你是大人了，你要为自己的选择付出代价，如果以后受伤后悔妈妈不会安慰你，也不会帮你，这是你自己的选择。”

明明说着狠话，表情却那样心疼。

妈妈如此说，但我总相信，相信只要我和沢言坚持，再坚持一下，再多努力一点，总有一天会得到家人的祝福，大家的祝福。

那天我和沢言通宵去爬山，山路泥泞不堪，寒风瑟瑟，我们却是热血沸腾，他牵着我深一步浅一步地走着，却没有丝毫的不耐烦。

沢言不知道，这座山我曾和杨冬一起爬过，那是我高中毕业的那年暑假，杨冬闲来无事叫我去爬山，我像个情窦初开的小女生小心翼翼地跟在他身后，我畅想了无数告白的情节，可他始终没有回头看我。

最后我实在没力气了，蹲在途中的山岩旁休息，杨冬嘲笑我没毅力，以后要换个人来。

我那个时候听得心中恍然，却只能装作不服气，我不敢看他的眼睛，我害怕他发现我一直深深埋藏的私心，我假装赌气地说："以后有机会我一定要爬到山顶。"

杨冬站在树荫下眯着眼笑："不是谁都会陪着你半途而废，或者登顶的。"我仰头看着波光粼粼的树影笑起来，我听到自己快乐地喊着："当然有，爱我的人就会。"

那天我和沢言真的爬到了山顶，尽管筋疲力尽。

这山路仿佛就如我们这一路走来的漫漫长路，苦难艰险，我们却还是携手到达了顶点。

我们坐在山上吹了很久的风，已冻得麻木，却很开心。

下山的时候，我说："可惜了忘了拍照留念，我和别人打了赌的。"

沢言打字宽慰我："没关系，我们还有一辈子的时间，下次再来。"

我握紧他的手点头。

他好奇地问："你打了什么赌？"

我看着他笑。而他熠熠生辉的眸子里也带着满满的深情与温柔。

我和别人打了一个赌，赌有没有这样一个人，像书中所写："将我细心珍藏，妥善安放，待我如己命，无微不至保存，免我惊，免我苦，免我四下流离，免我无枝可依。"

原来真的有这样一个人。

谢谢你，一直在我身边，不曾离去，亦如初见。

后记

致那年夏日的一封信

很多时候我都觉得这一切就如同是做了一场酣畅淋漓的美梦。

一切起源于一个夏日的夜晚，那段时间我心情烦闷，所有的不郁像是一张大网紧紧将我包裹住。

于是当时我试图通过文字的倾诉来宽慰自己。

如果当下生活里的种种并非如你所愿，那么就回忆一下生活中那些开心的记忆吧，人倘若一直想着开心的事，兴许不开心的就会慢慢被掩盖，我这样想。

而就是这样的一种方式，让我渐渐在敲击键盘时，原本浮躁的心情得到了缓解与沉淀，之前那些不郁好像突然就变得渺小起来。

那个夏夜，我第一次感受到了前所未有的轻松与闲适。

以至于现在偶尔想起，我都会忍不住发笑。

我一直很开心能通过这样的方式和大家分享一些美好的回忆，也总是对于大家能温柔地同我一起承担不快乐的种种，而心怀感激。

我特别感谢这一路在网络中给我留言，写邮件，始终无限包容和陪伴我们的每一个朋友。有时我会整晚整晚地反复翻看你们鼓励我的话，或者就像是旧日老友一般的攀谈，这些对于我来说一直都是相当温暖的存在，就像是一股无形的力量，当我觉得前路崎岖时，总会感受到来自背脊之后的推动。也会在我觉得疲倦无力的时候，像是一束光，照亮了我的生活，这一切都让我变得坚强和充满希望。

之前的一段时光里，曾有许多人找我做写手或是做广告，也有许多前辈邀请我出书或是希望能把这些字句做成影像，我都拒绝了。

并非我拿乔，自命清高。

说来兴许也是我的自卑胆小作祟。

我唯恐这还谈不上重量的字句还不足以跃然纸上，我也害怕，相当害怕，害怕被润色后的字句会失了它原本的意义，也害怕它会失去它存在的初衷。

唯一支撑我一直写下来的除了那满溢的“情怀”，就是来自对大家的真诚的一种执著。

我能回报的也唯有借此文字创造一些它所存在的意义，

宽慰与我相同的人们。

也试图想要找寻一些它所拥有的价值。

这些价值能够让我们一同铭记无数过往，不管好与坏。

这些价值足以支撑所想传达的那份信念，能够通过此为生活中的人们，为社会做一些自己的力所能及的事，也许这十分渺小，但我总想着兴许有天能够积沙成塔呢？

这些价值能够温暖每个曾送上祝福的朋友。真诚的情谊是一枚无价宝。

我曾在自己非常喜欢的一部影片里看到过这样一段话“我期待着今天，悲哀的是，我一天都在期待能发生些了不起的事，美好的事，值得感激这一天的事，然后参与其中，向世人证明在平凡人平凡的一天，也会有不平凡的事情发生，但真相是，好事不总有，至于我今天，整天都没发生什么事，我想要别人知道我在这儿，虽然我认为自己是个普通女孩，过着普通人的生活，也不是值得深入沟通的人，但我想成为那种人。而今天，尽管没发生什么值得一提的事，但我仿佛觉得自己已经经历了一次涅槃。”

生活一直在继续，我们永远无法预测以后会怎样，兴许我们遇到了很多不好的，但总会越来越好的。

因为我始终相信只要充满希望，就不会有绝望。

我的力量有限且单薄，但我希望即使是渺小的一丁点，也能给需要的人们一丝丝温暖和安慰。

我自己也想要结交更多的朋友，看更多的风景，将自己变得更饱满，得到更多理解，也想要通过等待，用它来好好沉淀。

也许这样在不久后一切真的便会豁然开朗，生活中也会遇到更多尊重“特殊人群”，并且支持我们信念且毫无杂质能够帮助他们的人。

于是带着这样的想法过了很久，我们真的遇到了许多这样的人。

特别感谢白丁先生，毫无保留并且十分真诚地千里迢迢地来见我。鼓励我将这些细碎带着点脆弱的字句变成现在看来还算踏实的文字。

万分耐心地等待我解除所存在的顾忌，毫无理由地接受我所有的请求。

永远都那么理解与谅解我的所有与坚持的信念，这般的恩情是厚重到无法用辞藻言语来表达的。

我还非常感谢 M 姐，大蓝姐，以及给予我帮助的每一位前辈，你们都如此善良，愿意那般温柔地给予我无限力量，也让我更相信这个看起来曾经不是那么可爱的世界有许许多多可爱可敬的人在我身边。

我也要感谢我生活中一直无私包容我支持我的忠诚的朋友们，Ruby，Zhang，Young，Orange，以及仕松先生。

最后我最为感谢的是，一直不离不弃无条件陪伴我们的每位粉丝朋友，没有你们，就没有现在的我们，倘若我们曾是无边的黑夜，你们便是照亮我们的星辰，唯愿美好的你们永远遇到美好的事物，幸福快乐。

而照亮我人生的那束光。

你美丽而温柔的瞳仁，是我心永远居住的地方。

漫长的人生旅途，我们依旧会做自己认为对的事，也可能还是会遇到不理解或糟糕的事，但是没关系，我们存在着，就够了。

曾经看过这样一句话“能说出许多治愈的话的人，本身就是一个大的移动伤口。”

那么，希望我们总有一天会被自己治愈，然后说：“世界啊我们讲和吧。”

如同林清玄先生说的那样“在我们不可把捉的尘世的命运中，我们不要管无情的背弃，我们不要管苦痛的创痕，只有维持一瓣香，在长夜的孤灯下，可以从陋室的胸中散发出来，也就够了。”